U0902873

记忆的角落

Joseph
Conrad

阴影线：
一部自白

The Shadow Line:
A Confession

〔英〕约瑟夫·康拉德 著
徐成 译

人民文学出版社
PEOPLE'S LITERATURE PUBLISHING HOUSE

Joseph Conrad
The Shadow Line: A Confession

图书在版编目(CIP)数据

阴影线：一部自白/(英)约瑟夫·康拉德著；徐成译.—北京：人民文学出版社，2022
(记忆的角落)
ISBN 978-7-02-016751-7

Ⅰ.①阴… Ⅱ.①约… ②徐… Ⅲ.①中篇小说-英国-近代 Ⅳ.①I561.44

中国版本图书馆 CIP 数据核字(2021)第 242800 号

责任编辑 **朱卫净 周 展**
装帧设计 **李苗苗**

出版发行 **人民文学出版社**
社　　址 **北京市朝内大街 166 号**
邮政编码 **100705**

印　　制 **山东新华印务有限公司**
经　　销 **全国新华书店等**

字　　数 **95 千字**
开　　本 **787 毫米×1092 毫米 1/32**
印　　张 **6.75**
版　　次 **2022 年 1 月北京第 1 版**
印　　次 **2022 年 1 月第 1 次印刷**

书　　号 **978-7-02-016751-7**
定　　价 **45.00 元**

如有印装质量问题，请与本社图书销售中心调换。电话：010－65233595

记忆的角落，也会有光

“值得我永恒的敬意。”[1]

1　本书据 Doubleday, Page & Company 1917 年版译出，原文中部分印刷错误根据其他版本已改，不加说明。其余内容完全根据此版本译出；作者自述翻译自 1920 年 Doubleday，Page & Company 出版的《约瑟夫·康拉德作品集》。这句话出自本书第五章。

目录

怀着爱意献给

博雷斯[1]

及其余像他一样在青葱岁月里已跨过了他们那代人的阴影线的所有人

……其他时候，平板般宁静，如巨大镜子照出我绝望[2]

——波德莱尔

1 博雷斯（1898—1978），约瑟夫·康拉德的儿子，1915 年 9 月参加一战。

2 出自法国诗人波德莱尔（1821—1867）《恶之花》中的《音乐》一诗。

巴克型三桅帆船奥塔哥号

上 篇

一

只有年轻人拥有这类瞬间。我不是说那些特别年少的。不，严格说来，特别年少的人不拥有瞬间。少年岁月的特权是可以在希望的美妙连贯中预先享受时日，不知停顿亦无所自省。

我们关上身后那道稚气岁月的小门，进入到一座迷人的花园里。里面的每处树荫都泛着希望的微光。每一条道路转折点都有诱惑。这并非因为那是片未被发现的国土。每个人都很清楚，人类就是如此随波逐流的。这是普世体验的魅力，人们期待从中获得不同寻常或私人的感受，一点点属于自己的体验。

我们一路辨识出前人留下的地标，感到兴奋和有趣。我们在如画般的尘世里好运歹运一起碰，俗话说“得不偿失”，但对应得之人或幸运儿来说，这世界满是可能性。我们继续往前，时间在流逝，直到察觉到前面有道阴影线在警示着我们，必须要走出少年时代了。

在人生的这一阶段里，很可能会出现我提到过的这类瞬间。什么样的瞬间呢？嗯，感到无聊、疲惫和不满足的瞬间，轻率的瞬间。我是说，那些依然年轻的人可能会做出轻率行为的瞬间，比如突然结婚或者无缘无故放弃工作等。

这里讲的不是一个婚姻故事，我的婚姻还不赖。我的轻率举动，更像是离婚，甚至说是抛妻弃子。没有任何理智的人可以归咎的理由，我就放弃了我的工作，抛下我的差事，离开了那艘船。关于那艘船，最坏的评价也就是她[1]只是艘蒸汽船[2]，也许不值得盲目效忠……当时连我自己都有点怀疑这是任性所致，现在就更没必要为此行为多加辩解了。

那是在一个东方港口[3]，她是一艘隶属于那个港口的东方船舶。她在遍布蓝色暗礁的海面上穿梭于黑暗岛屿之间做贸易。船尾栏杆上方飘着红色商船旗，桅杆顶上则飘着公司旗，虽也是红色的，但有

---

1 当时的海员习惯以女性第三人称代词（She）来称呼自己的船。

2 康拉德时代的海员通常认为蒸汽船不如帆船。

3 指新加坡。本书有较多的自传成分，1887 年—1888 年间，作者曾担任维大号（Vidar）的大副，在无特别理由的情况下，他突然辞职。

一圈绿沿，里面有一轮白色新月。因为船主是个阿拉伯人，而且是个赛义德[1]，所以旗帜上有这圈绿沿。他虽是一个海峡阿拉伯[2]望族的头领，却是苏伊士运河[3]以东对庞杂大英帝国最忠诚的子民。俗世政治完全困扰不了他，他在自己的族群里拥有巨大的神秘力量。

我们无所谓船东是谁。生意上涉及航运的部分他得雇用白人，很多人从头到尾都没有见过他。我只见过他一次，非常偶然地在码头上。他是个苍老黝黑的矮小男人，一只眼睛失明，穿着雪白长袍和黄色的拖鞋。一群马来朝圣者重重地吻着他的手，他用食物和钱财帮助过他们。我听说他博施济众，恩泽几乎遍布整个群岛[4]。不是说“慈善之人乃真主

1　赛义德（Syed 或 Sayyid）是阿拉伯语“先生”（سيد）的音译，通常是对有身份者的尊称。这个角色的原型是维大号船主赛义德·莫辛·本·萨勒哈·贾弗瑞（1809—1894）。

2　海峡阿拉伯人是指生活在大英帝国海峡殖民地（Straits Settlements）的阿拉伯人。大英帝国海峡殖民地最初只有新加坡、槟城和马六甲，后扩展到天定和纳闽。

3　苏伊士运河是贯通地中海、红海和印度洋的运河，1869 年 11 月 17 日修筑通航。

4　指马来群岛。

之友"[1]吗?

卓越（且如画一般）的阿拉伯船主，我们不需要为他费脑筋。那是一艘非常优秀的苏格兰船，从龙骨往上都是如此。一艘优秀的海船，非常容易清洁，在各方面都很方便，若不是因为她内部推动力的缘故，她值得所有人爱。时至今日，我对这些关于她的回忆都深怀敬意。至于这艘船所进行的贸易以及同船船员的性格特点，即使有个仁慈的魔法师把这段生活和这些人按我要求重新定做，我也不会比当时更开心。

但我突然离开了这一切。对我们而言，好比一只鸟从舒适的树枝上飞走一样，我离开的方式不合逻辑。就好像我在冥冥中听到了一阵密语或是看到了什么。哎，也许是吧！前一天我还一切如常，第二天什么都没了——魅力、滋味、趣味和满足感——一切都没了。你知道，这就是那种瞬间。青春晚期的萎黄病[2]降临到我头上并带走了我，我是说导致我离开了那艘船。

---

1 《古兰经》及《穆罕默德言行录》中并无此句。

2 一种影响青春期少女的缺铁性贫血。康拉德此处并非实指。

船上只有我们四个白人，还有一大班卡拉什人[1]和两个马来海军士官。船长[2]死死地盯着我看，好像在猜测，是什么导致了我的苦恼。但他是个水手，他也曾年轻过。他浓密的铁灰色八字胡下随即流露出一丝笑意，他一定观察到了，如果我自觉必须离开，那么用大部队都留不住我。于是他安排了在次日早晨付清我的薪水。在我走出船舱时，他突然以一种少见的不舍语气说道，他希望我可以找到自己如此急切想去寻找的东西。这句温柔的、含义暧昧的话似乎比任何钻石般坚硬的工具都更能够触动我心灵的深处。我确信他能理解我的状况。

可是大管轮[3]冷漠地抨击了我。他是个年轻健壮的苏格兰人，面庞光滑，长着浅色眼睛。他那坦率的红色脸蛋先从轮机房探了出来，接着是一整个充满活力的身体；他卷着袖管，用一团废棉纱慢

1　卡拉什人是巴基斯坦人口最少的一个非穆斯林民族，被认为是马其顿亚历山大大帝东征军的后裔。

2　肯特船长的原型应为康拉德在维大号上的船长詹姆斯·克莱格（1846—1929）。

3　大管轮又称二轨，是指职位仅低于轮机长的轮机员，轮机长的主要助手。这个角色的原型应是维大号的大管轮约翰·尼文（1853—1926）。

慢地擦着强壮的前臂。他浅色的眼睛流露出尖酸的厌恶感，我们的友谊似乎已然成灰。他严肃地说道：“哦！行啊！我最近在想，你也差不多该跑回家，找个傻姑娘结婚了。”

港口上的人心里都明白，约翰·涅文是个激进的厌女主义者。他突然爆出来的这句话的味道让我确信他是要恶心我了，十分恶心的那种，他会故意找最狠的话来说。我不赞同地笑了出来。如果不是朋友，没人会这么生气的，我变得有点情绪低落。我们的轮机长[1]对我的行为也有独到的看法，只不过态度更友善些。

他也很年轻，但非常瘦，憔悴的脸上长了一圈薄薄的棕色胡须。无论是在海上还是在港口，他都整天匆忙地在后甲板那边跑上跑下，脸上带着一种紧张的、精神高度集中的表情。这是因为他总是清楚地意识到身体内部的生理不适感，他是个胃病患者。他对我这件事情的看法很简单，他说这就是肝脏紊乱造成的。行吧！他建议我再多留一趟航程，

1 这个角色的原型应是维大号的轮机长约翰·艾伦。

同时吃某种特许药物，他自己对那药品十分信任。“我跟你说我会怎么做：我给你买两瓶，其中一瓶我掏钱。怎么样，这够公平了吧？”

我相信只要我稍有松口迹象，他就一定干得出这样的恶行（或者说是善举）。然而那时候的我极度不满、厌烦和顽固。过去十八个月虽充满了既新鲜又多样的体验，但感觉是沉闷乏味地浪费了时日。我该怎么表达呢？我觉得从这些体验里得不出什么真理。

什么真理？我那时候无法解释清楚。如果被逼着要解释，我可能直接就落泪了。那时候够年轻，我可以这个样子。

次日，船长和我在港务局处理了工作事宜。那是间屋顶很高、内部宽阔又凉爽的白色房间，阳光透过窗帘射入，发着静谧的光。里面的所有人，无论是公务员还是普罗大众都穿着白衣服。只有中央过道上摆放的重重抛过光的桌子发着幽光，上面有些文件是蓝色的。巨大的布屏风扇从高处送来一阵柔和的风，风穿过洁净的室内空间，吹到我们冒着汗珠的头上。

我们接触的那位公务员在桌子后面亲切地露齿笑着，在我们回答他敷衍了事的询问前，他都保持了这表情。“解约然后再签约？”我的船长回答说：“不！只是解约而已。”他的笑容消失在了突然出现的严肃表情中。在他面带悲伤地把文书交给我之前，都没有再看过我一眼。他那样子好像交到我手里的是去冥府的通行证似的。

我在收放文书的时候，他在小声询问船长，我听到船长和气地回答道：

“不是的，他离开我们是要回家去。”

“哦！”那人感叹道，为我的情况悲伤地点了下头。

虽然等我出了这港务局便和他互不相识，但他还是欠身跨过桌子来跟我握手。他满怀同情，好似人们跟那些即将被绞死的可怜鬼握手一样。我恐怕表现得不太有礼貌，肢体僵硬得像个冥顽不化的罪犯一般。

三四天内都没有回程的邮轮。作为一个无船可依之人，又暂时和大海斩断了联系。我实际上仅仅是个潜在的乘客而已，也许更适合住到酒店里去。其实港务局的一箭之外就是酒店，虽然不高，却富丽堂皇，亭台楼阁隐现，周围则是整齐的块块草坪。如果住到那里去，我真会觉得自己是个乘客的！我怀着敌意瞥了那儿一眼后，便朝着海员之家[1]走去。

我行走在阳光下，完全无视烈日。我穿过海滨大道上大树投下的阴影，也没有好好享受它。热带东方的热浪穿过树叶茂密的枝丫沉降下来，把我衣着单薄的身体包裹住；热浪紧贴在我那难以控制的不满之情上，像要剥夺它的自由似的。

海员之家是一座带有宽大游廊的大平房，还有一个土气的灌木小花园，花园与街道之间长着几棵树。这机构有点住宿俱乐部的意思，但又有一丝政府机关的味道，毕竟它归港务局管理。它的管理者的正式称呼为乘务主管[2]。此人干瘪矮小且闷闷不

---

1 原型为1851年在新加坡设立的指挥官和海员之家（Officer's Sailor's Home）。

2 这里的乘务主管原型是查尔斯·菲利普斯（1834—1904）。1917年3月31日康拉德在给W.G. 圣克莱尔的一封信中写道："他是个瘦削干瘪的家伙，整天自怨自艾；不知什么原因，他还想对我使坏。"

乐，如果让他穿上赛马服倒是会看上去十分合适。但他显然在一生中的某个时刻，在某种程度上曾和大海产生过联系；可能是以彻底的失败者身份吧。

我总以为他这差事很轻松，可他老是断言说总有一天这工作会弄死他的。这真是太不可思议了。也许任何事情对他而言都天然地是个麻烦。他显然很讨厌有人在这房子里住。

进门的时候我心想他肯定感到高兴，因为这里静得跟坟墓似的。起居室里我一个人都没看到，除了远处尽头有个人在长椅上趴着打盹外，游廊上面也空无一人。听到我的脚步声后，那人睁开了一只鱼眼一样的可怕眼睛。我不认识这个人。我从那儿退了出去，穿过空空荡荡的起居室，里面只有一面静止的布屏风扇悬挂在房中央的桌子上方。我敲了敲那扇标有“乘务主管”黑字的门。

回应我敲门声的是一阵焦急且阴郁的哀叹：“哦，天哪！哦，天哪！什么事情？”我立马走了进去。

这屋子在热带地区显得很奇怪。暮色和闷热感统治着这里。这家伙在紧闭的窗户上挂着极其宽大、积满灰尘的廉价蕾丝窗帘；一沓沓那种欧洲女帽商人和裁缝们用的纸盒子胡乱堆在房间角落里；他不知用什么方法搞来了一些伦敦东区[1]的某个体面客厅里才可能出现的家具——一张马鬃沙发和马鬃扶手椅。我瞥见这些讨厌的家具上随意铺放着肮脏的罩子。不过这还是令人惊讶的，因为没人能想明白究竟是什么神秘的意外情况、需求或喜好让这些家具出现在了这儿。这些家具的主人脱掉了束腰外衣，穿着白色的长裤和一件单薄的短袖汗衫，在椅背后头边踱步边揉搓着他那瘦削的手肘。

听到我是来住宿时，他禁不住发出了一声沮丧的惊叹，不过他不得不承认空房间多得很。

“不错。你能把我上次住过的那间安排给我吗？”

他从桌子上的一叠纸箱子后面发出了轻轻的一声抱怨；纸箱子里装的可能是手套或手帕，也可能是领带。我好奇这家伙究竟在里面放了什么。他这狗窝里有股正在腐烂的珊瑚的味道，也可能

1　伦敦东区当时为工人聚居区。

是动物标本散发出来的东方尘土味。我只看得到他头的上半部分，他那对不悦的眼睛正越过障碍物盯着我。

“我就住几天而已。”为了让他开心点，我说道。

“也许你愿意预付房费?”他急切地建议道。

“当然不行!”我脱口而出道，“从没听说过这种事情！真是无礼至极!”

他已然双手抱头，这种绝望的手势倒抑制住了我的怒火。

“哦，天哪！哦，天哪！别这样破口大骂，我对每个人都这么问的。”

“我才不信!”我很不客气地说道。

“好吧，我正打算这么做。如果诸位都同意预付，那我就可以让汉密尔顿也付清房费了。他上岸时总搞到身无分文，不过就算他有钱，也不会结清房费的。我不知道该拿他怎么办。他冲我咒骂，说我无权把一个白人赶到街上去。所以除非你们……”

我大吃一惊，也心存怀疑。我怀疑这家伙是在无理取闹。我跟他特意强调，希望先看到他和汉密尔顿被吊死，并要求他少废话，赶紧带我去房间。于是他从什么地方掏出了一把钥匙，走出了他的藏身处给我领路来了。他从我身边经过时还恶毒地斜睨了我一眼。

“有我认识的人住在这儿吗?”我在他离开房间前问道。

他恢复了惯常那种痛苦的不耐烦语气，说贾尔斯船长在这儿，他刚结束一趟苏禄海[1]航程。还有两个住客在这儿。他停顿了下，补充道，当然还有汉密尔顿。

“哦，没错！汉密尔顿。”我说道。那可怜虫抱怨着离开了。

我走进餐室吃午饭时，心里依然对他的厚颜无耻感到气愤。他在餐室里监督着那些中国裔服务员。长桌上只有一头放着午餐，而慵懒地搅动着热烘烘空气的布屏风扇吹拂的主要区域，是片空无一人的抛过光的木头。

1 菲律宾西南部与婆罗洲之间的海域。

围坐餐桌边的有我们四个人。一位是之前在椅子上打盹的陌生人。此刻他双眼都半睁着，但似乎什么都看不见。他向后靠着身子，而他隔壁那外表庄严、留着短短侧髯、下巴仔细刮过的人自然是汉密尔顿了。我从未见过这样的人，对天意安排给他的身份地位如此自命不凡。有人告诉我，他视我为一个恶心的门外汉。当我拉动椅子时，他不但抬眼看了看，还挑起了眉毛。

贾尔斯船长坐在上座。我和他互相问候了几句后便坐在了他的左边。他体格健壮，面色苍白，秃了的前额如光亮的穹顶一般；他长着一双突出的棕色眼睛。无论他是做什么的，都不像是做水手的。就算他是个建筑师，你也不会感到惊讶。在我看来（我知道这非常荒唐），他像个教区的俗人执事。他的长相会让你觉得可以从他那儿获得些忠告，听到些道德情操观点以及时不时就有的一些陈词滥调。这些不是出于他的炫耀欲，而是因为他有坚定的信仰。

虽然他在航海界颇有名气且受人赞赏，但是没有固定的工作。因为他不想要，他有自己独特的立场。他是一个专家——我应该怎么形容呢？——他是一个复杂航线的专家。据说他比任何在世的人都更了解马来群岛里那些遥远且绘制得不准确的区域。他大脑里肯定完美地装载了暗礁、定位、方向和海岬的图像，以及隐蔽海岸线的形状、无数岛屿的方位、荒漠和其他的信息。例如有船要去巴拉望[1]或同一方向的某个地方时，就一定会请贾尔斯船长上船担任临时船长或“协助船长”。关于这类服务，据说一家富有的中国汽船主的公司会给他一笔聘用定金。而且如果有人想上岸休息一段时间，他随时准备好与人换班。没有船主会反对这类安排的。在港口似乎有个约定俗成的观点：贾尔斯船长是出类拔萃的人，甚至超越了最好水平。不过汉密尔顿觉得他是个“门外汉”。我相信，对汉密尔顿而言，门外汉概括了我们所有人；虽然我猜他脑子里还做了些细分。

我和贾尔斯船长只见过两次，因此没打算和他聊天。不过，他当然知道我是谁了。过了一会儿，

1　菲律宾西部的一个岛屿。

他那光亮的大脑袋朝我这方向转了过来，他先友好地问候了我。看我住在这儿，他假设我是上岸来放几天假的。

他是个声音低沉的人，我说话更大声些。我说，不，我彻底离开那艘船了。

“做会儿自由人。”他评论道。

“我觉得从十一点钟开始，我就可以这么叫自己了。”我说道。

汉密尔顿听到我们的说话声后停下了午餐，他轻柔地放下刀叉，站起身来，口里念叨着“热得跟地狱一样，完全没胃口了”走出了餐室。我们随即听到他走下游廊出门而去了。

贾尔斯船长肯定地说这家伙一定是去应聘我之前的工作了。乘务主管刚才一直斜靠在墙上，这会儿他那张愁容满面的脸朝餐桌凑了过来，阴郁地和我们打了个招呼。他意在摆脱汉密尔顿造成的无止境的烦恼。港务局因为房账问题一直在找他的麻烦。他真心希望汉密尔顿能获得我那份工作，虽然实际上这有什么意义呢？最多只是暂时的解脱而已。

我说：“别担心。他得不到我那工作的。接班的人已经在船上了。”

他吃了一惊，我觉得听到这信息后，他的脸有点耷拉了下来。贾尔斯船长轻轻地笑了。我们起身朝游廊走去，把那个往后仰着的陌生人留给中国服务员去对付了。我最后看到的场景是：他们把装着一片菠萝的盘子放在了他面前，站在一边看后面会发生什么。不过这实验似乎失败了，那人依然毫无知觉地坐在那里。

贾尔斯船长低声告诉我，那人是某个罗阇[1]的一艘游艇的指挥官，船只在这个港口的干船坞[2]做维护。他加了一句，昨晚那人肯定“见世面”了，说完他用一种有所暗示的私密方式皱了下鼻子。这让我感觉很好，因为贾尔斯船长是个有声望的人。据说他一生中经历过波澜壮阔的冒险，也承受过不为人知的悲剧。没有人会说他任何的不好。他继续说道：

“我记得几年前第一次见他在这里上岸，感觉好像只是在几天前。他那时候还是个好小伙。哎！

---

1 东南亚及印度对国王或土邦君主的称呼。

2 干船坞三面接陆地，一面临水，主要用于船舶建造和维修。

那些美好的小伙子!”

我忍不住大声笑了起来。[1]他大吃一惊，接着也跟我一起笑了起来。“不是！不是的！我不是那个意思，”他大声说道，“我是说他们当中有些人一出海就很快脑子发昏了。”

我打趣地说首要原因应该是可恶的高温。不过贾尔斯船长透露了自己那套更为玄乎的理论：白种男人在东方的日子太好过了。这没错，保持自己的白人特性有难度，某些好小伙就不知道该如何是好。他用探寻的目光看了我一眼，接着用一种亲切的、非常长辈的语气直击要点：

“你为什么放弃工作？”

我突然怒火中烧，你可以理解，这种问题是多么容易激怒不知道答案的人。我告诉自己，需要让这个说教家闭嘴，于是我稍显不驯又还算礼貌地大声说道：

“什么意思……你反对吗？”

他一下子懵了，只能局促地嘀咕道：“我……

---

1 船长说“美好的小伙子”给人一种无意的同性恋暗示，当时水手间此类风气并不罕见。

总体上……”接着便放弃说我了。不过他退场得还算得体，非常幽默地说自己也犯困了，已经到了他上岸期间的午睡时间了。“非常不好的习惯。非常不好的习惯。”

这个人身上有种天真感，可以缓和比我当时的状态更年轻气盛的暴躁脾气。所以，当第二天午饭时他转过头来告诉我，昨天傍晚见了我的前船长，并小声说“他对你的离职表示遗憾，说自己从没遇到过这么合拍的大副”的时候，我还是毫不造作地真诚回答说，当然那艘船以及船长也是我航海生涯里最让我感到舒服的。

“那……好吧。”他嘀咕道。

“贾尔斯船长，您没听说我打算回家了吗？”

“听说了，”他慈祥地说道，“这种事情我听得多了。”

“那又怎样？”我喊道。我觉得他是我见过的最无趣、最没想象力的人。我不知道当时自己还会说出什么话来，可就在那时，迟到很久的汉密尔顿进来了，坐在了他往常的位置上。于是我只是嘀咕了一句：

“总之，这次你会看到这事儿是真的。”

汉密尔顿把胡子刮得十分干净，冲贾尔斯船长唐突地点了下头，不过他可不愿屈尊对我抬一下眉眼。他一开口就和乘务主管说，盘子里的餐食可配不上一位绅士。乘务主管看上去十分不开心，不过都懒得抱怨了，他只是抬眼盯着布屏风扇，什么都没说。

贾尔斯船长和我从桌边起身，汉密尔顿旁边那位陌生人也同我们一样起身，他艰难地让自己站立了起来。那可怜的家伙刚才尝试着去吃几口一文不值的食物，倒不是因为他饿了，他只是想挽回点自尊，对此我深信不疑。不过在掉了两次叉子，而且怎么也拿不住的情况下，他一动不动地坐在了那里，一种强烈的屈辱感萦绕着他；他的眼神也呆滞无神得令人害怕。我和贾尔斯两人坐在桌边时都避免朝他那儿看。

那人特意在游廊上停了下来，非常着急地冲我们问了一长串话，而我完全没听懂，听上去像一种可怕的未知语言。不过，当贾尔斯船长仅仅稍事思考就向他亲切友好地保证“嗯，确实，你已经到达了”之后，他看着十分满意地（腰杆也直了）去远处找长椅了。

“他刚才想说什么？”我厌恶地问道。

“不知道。别对他太苛责，你大概能看出来，他应该很难受。明天他会更糟糕的。”

看那人的样子，已不可能更糟糕了。我在想，究竟是怎样令人费解的放浪行径才让他沦落到这般田地的。贾尔斯船长的仁慈被一种惹我厌恶的奇怪自鸣得意感给破坏了。我干笑着说道：

“行吧，他还可以得到你的照顾呢。”

他摆出了反对姿态，坐了下来，并拿起了一份报纸。我也和他一样。这些报纸都很陈旧无趣，大部分篇幅都是有关维多利亚女王金禧纪念仪式[1]的枯燥套话。如果不是汉密尔顿在餐室里突然提高了嗓门，我们也许很快就陷入了热带的午后瞌睡中。他快吃完午饭了。餐室的宽大双开门总是打开着，他可能根本不知道我们的椅子离门口多近。我们听到他正大声且高傲自大地回应着乘务主管斗胆问出

1　1887年6月20日，维多利亚女王庆祝登基50周年。

的一些话。

“我不会被人推着去做什么事情的。我想，能招到个正人君子，他们肯定高兴。不用着急。”

乘务主管接着说了句悄悄话，不过也很大声。接着汉密尔顿更加激烈地嘲笑道：

“什么？那毛头小子幻想自己跟着肯特做了很久大副？……太可笑了！”

贾尔斯和我面面相觑。肯特是我之前船长的名字，贾尔斯船长小声说道：“他在说你呢。”在我看来这是句废话。无论乘务主管说了什么，他肯定固执己见，因为我们听到汉密尔顿变本加厉地高傲自大了起来，他再次加重语气说道：

“垃圾货色，我的朋友！谁跟这种下三烂外行竞争啊！我有的是时间。”

接着传来了推椅子的声音，以及隔壁房间的脚步声，还有乘务主管的苦苦劝告。即便出了正门，他还在纠缠着汉密尔顿。

“这人太无礼了，”贾尔斯船长评论道——我觉得这话多余，“非常无礼。你又没有得罪过他，是吧？”

“我这辈子都没和他说过话，”我暴躁地说道，“想不通他说的竞争是指什么。他在我离职后，尝试取得我的工作，但没成功。这不算是竞争吧。”

贾尔斯船长沉思着，平衡了一下他那颗仁慈的大脑袋。“他没成功，”他很缓慢地重复了一次，“不，在肯特那儿他不太可能成功的。肯特为你的离职感到非常难过。他也说你是个很好的船员。”

我扔掉了手中的报纸，坐直了身子，一巴掌拍在了桌子上。我想知道他为什么要不停地提起这件事，这百分之百属于我的私事。实在太令人恼怒了。

贾尔斯船长的眼神非常镇定，我静了下来。“没什么好恼火的。”他理直气壮地喃喃自语道，显然他想平息这一通由他引起的幼稚怒火。他看上去确实没有任何恶意，我只好尽量解释为何如此恼怒了。我和他说，不想再听到已成云烟的往事。之前那份工作非常不错，但现在一切都结束了，我不想再谈论，甚至不愿想这事。我已经下定决心要回家了。

他用一种独特的侧耳倾听态度听完了我的长篇激烈演说，似乎在尝试找出其中的某个错误音符；接着他坐直了身子，看上去正在睿智地思考这件事情。

“是的，你和我说过你要回家去。在那儿有什么打算吗？”

我没有对他说，这跟你无关，而是闷闷不乐地说道：

“据我所知没有。”

我自己也确实考虑过这件事：从我满意的工作突然离职导致的现状中，存在这一部分的空白。我对此不是非常高兴。我差点说，常识与我的行径毫无关系，贾尔斯船长没必要对我的事这么感兴趣。不过此刻他已经吸着一管短短的木烟斗了，看上去非常老实、迟钝以及平庸，因此无论是用事实还是讽刺语气去让他感到困惑都显得毫无意义。

他吐出一团烟，接着非常唐突地问道：“付过你的通行费了吗？”我吃了一惊。

我服了他那不知廉耻的坚持不懈精神，但对他实在粗鲁不起来，于是我用一种夸张的温和语气回答说，我还没付呢，我觉得明天有的是时间去办这事。

他在进行一种愚蠢的、毫无目的的尝试，以分析我的个人隐私。正当我要离开，打算把我的隐私从中抽离出来的时候，他用一种极其引人注意的方式放下了烟斗。你知道那种关键时刻即将到来的感觉，他侧着身子靠在我们之间的桌子上。

“哦！你还没付！”他突然神秘地降低了音量，“那么，我觉得你有权知道这里正在发生些事情。”

我此生对尘世事务从来没有这么超然过。虽然离开海洋一段时间了，但我还保留着水手完全远离一切陆上事务的意识。这些事和我有什么关系？我盯着贾尔斯船长那样子，心里感到的更多是蔑视而非好奇。

他问，咱们乘务主管今天有没有和我说过话，这问题显然只是铺垫而已，对此我回答说没有。而且，如果他真的尝试和我说话，那我可得给他点儿珍贵的鼓励。我根本不想让那家伙跟我说话。

贾尔斯船长完全没对我的暴脾气进行指摘，他用一种充满智慧的口吻跟我说了会儿港务局某个听差的故事。听上去完全莫名其妙。他说当天清晨，有人看到一个听差拿着封信在游廊上走着，而且信封是官方的。这些人有个习惯，就是会把信交给他们遇到的第一个白种人。听差遇到的第一个白种人就是坐在扶手椅上的那位。据我所知他对任何人间事物都提不起兴趣，于是他挥挥手把听差打发走了。听差只能继续在游廊上晃荡着，接着他遇到了万分凑巧恰好在那儿的贾尔斯船长。

说到这儿，他带着意味深长的眼神停顿了一下，然后说道，那封信是寄给乘务主管的。那么艾利斯船长[1]这个总维护官给乘务主管写信能是为了什么呢？这家伙无论如何，每天都要去港务局上交他的报告并接受指令什么的。他回来还不到一小时，就有个听差拿着封短信来找他了。这是为什么呢？

贾尔斯船长推测了种种情况，不是因为这个，也不可能是为了那个。至于为了其他事情，就更理解不了了。

整件事的荒唐程度让我目瞪口呆。若不是因为他富有同情心，我早就心生嫌恶，就好比被人羞辱

---

1 这个角色的原型是亨利·艾利斯船长（1835—1908），他于1873年—1888年在新加坡担任总维护官，在他即将退休时将作者任命为了奥塔哥（Otago）号的船长。

了一般。实际上我还为他感到难过。他的凝视中有一种极其真诚的成分，使得我无法嘲笑他。我也没有冲他打哈欠，只是瞪着眼看而已。

他的语气变得神秘了一些。那家伙（指乘务主管）一拿到那短信就急匆匆拿了帽子冲出了屋子。不过那封信并非叫他去港务局，他也没有去那儿，他离开的时间不足以去港务局。很快他就飞奔了回来，扔下自己的帽子，在餐室里跑来跑去，边抱怨边拍打着自己的额头。所有这些引人关注的事实和表现都被贾尔斯船长看在了眼里。似乎从那一刻开始他就一直在思考这件事情。

我开始深切地同情他。我尽可能用一种不带嘲讽的语气说道，真高兴他为自己的早晨时光安排了些事儿。

他那种令人毫无戒心的天真感使得我注意到了一件似乎有重要意义的事情：奇怪了，他竟然一早上都待在屋子里。一般午饭前他都会出门，去各种局所拜访、去港口见见朋友等。他当天不太想起身，问题不严重，却正好让他觉得有些慵懒。

所有这一切配上他那持续的直愣愣的瞪眼，再考虑到整个对话的不知所云，给人一种轻微的、令人无聊的精神不正常的印象。当他微微拉了下椅子，然后放低声音神秘兮兮地说话时，我突然觉得职业声誉再好，也不能保证大脑正常。

我当时没有意识到、也不知道心智健全包括哪些要素，更不知道这是件多么微妙的事情，总体来说，这只是件无关紧要的事情。我心想着不要伤害他的感情，于是装作很有兴趣似的冲他眨了眨眼睛。但当他接着神秘地问我，是否记得刚才我们的乘务主管和"那个汉密尔顿"说了什么的时候，我只是咕哝着说记得，然后把头转了过去。

"那么，你记得他们说的每个字吗？"他巧妙地追问道。

"我不知道，不关我的事情吧。"我脱口而出，而且还大声地说希望乘务主管和汉密尔顿陷入万劫不复的境地。

我有意表现得坚定有力，且盖棺定论，但贾尔斯船长还是用思索的眼神望着我。什么都阻止不了他。接着他指出，他们在对话中提到了我这个人。我努力展现出漠不关心的姿态，他却变本加厉了。

我听到那人说什么了吗？有吗？我对此有何想法吗？——这些他都想知道。

贾尔斯船长的外表将他纯粹是出于狡诈恶意的嫌疑给扫除了，我得出的结论是，他只是这个地球上最笨拙的蠢蛋而已。我还尝试着启迪他的正常认知，这种软弱行径连我自己都快要鄙视了。我开始解释说，对此我毫无想法，汉密尔顿根本不值一提。无论这种没教养的二流子——“是的，他确实是。”贾尔斯船长插嘴道——怎么想怎么说，正派人都懒得鄙夷。我不打算对此有丝毫的关注。

对我而言，这种态度既简单又理所应当，但贾尔斯竟然丝毫没有流露出赞同之意，这让我十分震惊。人蠢到这么彻底的程度反而开始变得有趣了。

“那你想要我做什么呢？”我笑着问道，“我不能因为他对我的看法而和他吵上一架吧。我当然听到过，他提到我时那种鄙夷的言辞，但他不是故意让我注意到这些的。我从没听他表达过这一点。就算是刚才，他也不知道我们能听到他说话。和他吵架的话，只会让我自己显得很可笑。”

无可救药的贾尔斯继续情绪激动地吸着烟斗。

突然，他脸色变好了，说道：

“你没明白我的意思。”

“是吗？我很想听听。”我说道。

他越说越来劲，又说我没有明白他的意思，说我一点儿都没明白。他用一种自己都逐渐有意识的自鸣得意语气跟我说道，有几件事情他没有注意到，他习惯把事情想明白，从他对人情世故的经验来说，一般情况下都可以得出正确结论。

这一丝自我夸赞倒和整个对话的费力与浅薄十分匹配。整件事情让一种模糊感受越发强化了——生命除了浪费时日别无他物。混沌不自知中，这种感受已导致我离开了一份舒服的工作，离开了我喜欢的人们，我只是为了逃离空虚的威胁。结果一转弯就撞进了浅薄之中。此刻一位品格和成就都已获肯定的人，暴露出他是个荒唐且无聊的啰唆鬼。从东方到西方，从社会底层到最顶层，也许所有地方都是这样的。

我突然感到非常气馁，那是一种精神上的困顿。贾尔斯的声音自鸣得意地喋喋不休着，这是全世界空洞自负的代表性声音。我对此已不感到愤怒了。我已不期待能从这个世界得到什么原创的、新颖的、惊人的或可增长见识的东西。没有机会去发现自我，无法获取智慧，也没什么乐趣可享。一切都愚蠢且名不副实，就连贾尔斯船长也是如此。那就随意吧。

我突然听到了汉密尔顿这个名字，一下子惊醒过来。

“我以为我们聊完他了呢。”我说道，尽可能地表达了我的厌恶之情。

“是的。不过考虑到我们刚才凑巧听到的事情，我觉得你应该行动下。”

“应该行动下？”我一脸困惑地坐了起来，“做什么？”

贾尔斯船长很吃惊地面对着我。

“什么？按我建议你那样去行动啊。你去问乘务主管，港务局来的那封信里写了什么。就这么直接问他。”

我有那么一会儿说不出话来。这事出乎我的预料，又是第一次遭遇，我有些无法理解。我吃惊地低声说道：

“但我以为你说的是汉密尔顿……”

“就是啊，别让他得逞。你按我说的做，去把乘务主管搞定。我打赌，他会被你吓一跳的。”贾尔斯船长很坚定地说道，并朝我挥舞着那阴燃的烟斗，我对此印象深刻。接着他快速地吸了三口。

他那种洋洋得意的睿智表情显得莫名其妙。但他依旧是个同情心多到不可思议的人物。仁爱从他身上以一种荒谬的、温柔的也令人印象深刻的形式散发出来，当然也会惹人发怒。不过正如人遇到自己无法理解的事情时那样，我冷冷地指出，觉得没必要让那家伙冷落我一番。他是个欲求不满的乘务主管，又是个窝囊废，我宁可考虑去拧他的鼻子。

“拧他的鼻子，”贾尔斯用一种令人反感的音调说道，“会对你挺有用的。”

这句话前言不搭后语，我根本没法回复。荒谬感终于开始施展其众所周知的魅力了，我觉得不能再让他谈下去了。我站了起来，突然意识到他太过分了，我应付不来。

我还没来得及走开，他又换了种顽固的口吻说了起来，还紧张地吸着烟斗。

“嘿，他反正是个没用的东西。你直接问他就好了。就这样。”

他这新态度给我留下了点印象——或者说让我停了下来。不过理智立刻重新控制了我，我冲他郁郁地微笑了下就离开了游廊。几步之遥，我已经走进清理过的空荡荡的餐室了。不过在这短短的时间里，各种各样的想法涌向了我，比如：贾尔斯是在消遣我，他想看我笑话；我很可能看上去又蠢又容易被骗；我对生活知之甚少……

我大吃了一惊，餐室尽头那扇正对着我的门突然开了，就是那扇标有“乘务主管”的门。而他本人正从闷不通风、装饰庸俗[1]的巢穴中跑出来，朝花园门夺路而去，一副可笑的被追杀的猎物的样子。

直到今日我都不知道当时为什么要叫住他。“喂！你等一下。”也许是因为他那次的斜睨；也可能因为我受到了贾尔斯船长那股神秘的真诚劲儿的

1　原文是“非利士风格的”。非利士人（Philistine）居住在中东迦南南部海岸的古民族。在《圣经·旧约》中记载了以色列人和非利士人的战争和恩怨。以色列人认为非利士人是没有信仰的野蛮人。后来在英语中非利士风格逐渐成为无文化、未受过良好教育、庸俗的含义。

影响。总之，那是某种冲动，是蕴藏在我们生命中的那股力量使然，这力量以各种各样的方式塑造着我们生命的模样。因为如果这些话没从我唇间窜出去（这和我的意志无关），显然我将继续以一个船员的身份存在于世，但此刻开始我将驶入完全不可思议的航线。

不，这和我的意志无关。我确实一喊出这句宿命般的话，就立刻极度后悔了。如果他停了下来，或者直接面对我，那我可能会在一片混乱中逃走。因为我可不想让贾尔斯船长的愚蠢玩笑成真，无论是我付出代价还是乘务主管付出代价。

不过此处人类古老的追逐本能发挥了作用。他装作没听到，于是我想都没想就沿着我这半边的餐桌冲了过去，直接在门口把他给拦住了。

“我跟你说话，你怎么不回答？”我粗暴地问道。

他倚靠在门楣上，看上去极其狼狈。人性恐怕绝非完全善良，其中有丑恶之处。我意识到自己越来越愤怒，相信这只是因为我的猎物看上去如此愁苦。这可怜东西！

我走了过去，没有更多废话。“我知道今天早上港务局送来了一封官方信件。是不是？”

他没有如我猜测的那样叫我少管闲事，反而有点厚颜无耻地开始呜呜发起牢骚来。他说早上哪儿都没我人影，不能期望他全城上下地找我。

“谁让你找我的？”我吼道。接着我突然看清了这些让我困惑和感到疲惫的琐碎小事和言论的实质所在。

我跟他说，我想知道信件内容。我的严厉言行有一半是装出来的，有时候好奇心是一种非常激烈的情绪。

他企图用自己那傻乎乎的、喃喃自语又闷闷不乐的样子蒙混过关。他含糊地说信件和我无关，我和他说过我打算回家去了，正因此他不觉得有必要……

这是他自我辩护的论据，简直前言不搭后语到羞辱人的地步了。我的意思是，这是对一个人智商的羞辱。

在我当时所处的年少与成熟之间的昏暗地带中，人对这种羞辱特别敏感。恐怕我当时对乘务主管的态度确乎变得非常粗暴。不过他不是那种可以与人或者事物对抗的人，也许是因为吸毒成瘾或整日独酌。我已经忘乎所以，开始咒骂他，他已然崩溃，说话也变得尖声尖气。

不是说他开始尖叫，而是一种愤世嫉俗的尖声坦白，声音很轻，轻得可怜，又不太连贯，但是足以在一开始就让我哑口无言。我义愤填膺地把目光从他身上移开，察觉到贾尔斯船长正在游廊门口静静地观察着这一情景。这是他的杰作，如果我可以这么形容的话。他宽大的父亲般的拳头里握着的阴燃的黑色烟斗非常显眼。一样显眼的还有横跨在他白色束腰外衣胸口上那沉重的金色表链发出的光芒。他散发出一种贤良睿智的气质，安详得足以让任何纯洁的灵魂朝他安心飞奔过去。我冲他跑了过去。

“你根本不会相信，”我吼道，“那是封通知信，说有艘船需要一个船长。显然是有个任命下来了，那家伙竟然把这信放在自己口袋里了。”

乘务主管用一种大声的、绝望的腔调尖叫道：“你会搞死我的！”

他给自己的额头用力来了一巴掌，十分大声。但等我转过头去看他时，人已经不在那儿了，他匆匆跑出了我的视线。他的突然消失让我哈哈大笑起来。

对我而言，这件事已经完结了。不过，贾尔斯船长盯着乘务主管刚才所在之处，开始拉他华丽的金表链。怀表如深井中打捞而出的真相一般从他深深的口袋里被拽了出来。他严肃地重新放回怀表，然后才说：

“才三点钟。如果你不浪费时间的话，还来得及。”

“来得及什么？”

“我的天哪！赶快去港务局啊。你得搞清楚这件事。”

严格来讲，他是对的，但是我对刨根究底向来没什么兴趣，我不喜欢做揭露真相之类的工作，虽然它们在道德上无疑是值得称赞的。我对这件事情的看法完全符合道德规范。如果乘务主管真要死在谁手里，我不明白为什么不是贾尔斯船长亲自出马，他是个上年纪、有地位的人，还是这里的永久居民。而我与他相比，仅是一只经过这个港口的候鸟而已。实际上，也可以说我已经和这一切断掉了联系。我咕哝说不觉得这件事……或者说这事与我无关……

“无关！”贾尔斯船长复述道，流露出一丝平静的、有意为之的愤慨之情，“肯特警告过我，说你是个奇特的年轻人。你接下来要跟我说担任一船之长对你毫无意义吗？为了这件事我还承担了那么多麻烦！”

“麻烦？”我不解地嘀咕着，什么麻烦？我只记得午饭后被他说的话搞得又迷糊又无聊，足足有一个小时之久。他竟然说自己承担了很多麻烦。

他洋洋自得地看着我，若是其他人这副样子，会显得很可憎。突然之间，犹如书籍翻过页，显露出一个让前文的所有含义都清晰起来的单词一般，我意识到这件事还有符合道德规范以外的另一个视角。

不过我还是没有动身。贾尔斯船长有点失去耐心了。他生气地抽着烟斗，我的犹豫不决让他转过了身去。

但从我的角度来说，这并不是犹豫不决。我那时候心理上已经失控了，如果我这样表述是合适的话。但我一确定这个令我不满的陈腐无益的世界里竟然还有一船之长的职位可抓，我立刻重获了行动的力量。

海员之家和港务局有一段距离，但因为我脑海里想着“一船之长”这个神奇词语，突然间，感觉我一眨眼就已经到了码头边，上了一段低矮的台阶，站在了一扇抛过光的白色石门前了。

这一切似乎都是自行向我快速滑翔过来的。右手边一整片的大型泊船区域对我而言仅仅是蓝光一片而已，晦暗凉爽的大厅把我从热浪和刺眼日光中吞了进来，直到进门那一刻我才意识到外面的光热。

厅内宽阔的楼梯不知怎么就已经在我脚下蜿蜒展开了。一船之长是种强烈的魔法。自从离开贾尔斯船长愤慨的背影后，我清晰感知到的第一批人是一帮港口蒸汽快艇[1]船员，他们懒洋洋地赖在港务局宽阔的扶梯平台上，大致在拉着窗帘的拱廊

1　港口蒸汽快艇（harbour steam launch）、蒸汽快艇（steam launch）、港口快艇（harbour launch）被作者用于指代同一种专门运送人或物资上船的小船。

附近。

轻松喜悦的情绪在那一刻抛下了我。官场气氛会杀死一切呼吸着人类奋进空气的事物，纸笔的至高无上性会将希望或恐惧的火种都一起熄灭。港口快艇的艇员帮我抬起了窗帘，我心情沉重地从底下穿过。局里除了文员没有其他人，他们分坐两行，勤奋地书写着。船东海员契约监护主管从他的高台上跳了下来，急匆匆地踩着厚厚的地毯走来，与我相会在了宽阔的中央过道上。

他有个苏格兰名字，但他的面色是厚重的橄榄色；他的短须是乌黑的，眼睛也是黑色的，流露出一丝慵懒之态。他私密地问道：

“你想见*他*？”

官场气氛一来，我身心的轻松感就全部消失了。我一动不动地看着抄写员，疲惫地问道：

“你觉得呢？会有用吗？”

“我的天哪！*他*今天已经找了你两次了。”

此处强调的这个*他*是最高权威，是海务监督长，也是港务总监——这个房间每一个使笔杆子的都视他为非常了不起的人物。不过他自视甚高，这些算不上什么。

艾利斯船长视自己为（非基督教的）神明显灵，是周围海域的尼普顿[1]的副手。就算他并没有实际掌管海浪，但他假装自己可以掌管那些在水上谋生的凡人的命运。

这一令人振奋的幻觉让他变得喜欢追根究底且蛮横专断。由于他脾气暴躁，所以真的有人惧怕他。倒不是他职务的性质让他变得可怕，而是因为他常无理取闹。我之前和他没有过交集。

我说："哦！他叫了我两次了。那我最好还是进去吧。"

"必须！必须！"

船东海员契约监护主管蹀躞着绕过一整片书桌区域，带着我到了一扇高大威严的门前，恭恭敬敬地开了门。

他立刻走了进去（不过手还握着门把），虔敬地往房间里看了会儿，然后默默点了下头示意我进去。接着他就立马溜了出去，极其小心翼翼地把门

1　尼普顿（Neptune）为罗马神话中的海神，对应希腊神话的波塞冬。

给关上了。

三扇高挑的窗户对着海港，窗外除了深蓝色泛着波光的大海，以及颜色稍淡些的明亮蓝天外别无他物。我在这片湛蓝色调的幽远处看到了一些刚刚到达的大船形成的白色小点，它们正要在外层锚地抛锚。一艘从家乡驶来的船，也许它已在海上度过了九十天。船只从海上驶进港口，收起它白色的羽翼稍事休息，这过程有其动人之处。

我第二样看到的是艾利斯船长顶着的一头银发的光滑红脸。幸好他看着神清气爽，不然这么红的脸可能是中过风的。

我们这位尼普顿的副手两颊无须，而且房间角落里也看不到像雨伞一样立着的三叉戟[1]。不过他手里握着笔，这是官家的笔，在摆布低微劳动者的命运时这可比戟有力多了。我走过去的时候，他紧紧盯着。

当我走到适当距离时，他说了句让人吓破胆的开场白："你这段时间上哪儿去了？"

1　三叉戟为海神的武器。

这跟他无关，因此我基本没有接招。只是说，听说有艘船需要一名船长，作为一个帆船船员，我觉得应该应聘……

他打断了我。“什么！岂有此理！你就是最合适的人选，就算还有二十个人来应聘，你也不用怕，因为他们都害怕伸手抓住机遇。这就是问题的关键。”

他非常恼怒。我无辜地说道：“是吗，长官？我想知道为什么。”

“为什么！”他变得非常恼火，“他们害怕船帆，害怕白人船员团队。太多的麻烦事，太多的工作要做。而且要在海上很久。安逸的生活配上折叠躺椅更适合他们。我坐在这儿，面前放着总领事的电报，却哪儿都找不到你这个唯一合适的人选。我都要开始怀疑你也害怕这工作了……”

“我刚到局里没多久。”我平静地回复道。

“不过你在外面名声不错。”他粗暴地咆哮道，看都没看我。

“我很高兴从您那儿听到这话，长官。”我说道。

“嗯。不过需要你的时候你却不在场。你清楚这什么意思。你们那乘务主管是不敢遗漏本局发出的信的。你他妈这大半天躲哪儿去了？”

我只是善意地冲他微笑着，他似乎回过了神来，叫我先坐下。他解释说，一艘英国船的船长在曼谷死了，总领事发电报要求他派一个能胜任的人去担任船长。

虽然看起来他发到海员之家的通知并没有特别指派，但显然在他脑海里，我是第一人选。协议已经准备好了，他让我读一读。在我把协议递还给了他，并表示接受里面的条款后，这位尼普顿的副手就签了字。他用高贵的手亲自盖了章，并将其对折了两次（那是一张蓝色的大开纸[1]）交给了我——这是件具有非凡效能的礼物，因为我把它放进衣袋时有些头晕。

“这是你成为指挥官的委任状，”他有些庄严地说道，“根据你已接受的条款，这是份约束船主的正式委任状。好了，你什么时候可以出发？”

1　指 16.75 英寸乘 13.5 英寸（42.545 厘米乘 34.29 厘米，A4 纸为 29.7 厘米乘 21 厘米）的大开纸，英文原文为 foolscap，得名于纸面上印的小丑帽（fool’s cap）水印。

我说如果有需要，当天就可以准备好出发。他很爽快地接了我的话。蒸汽船梅丽塔号[1]当天傍晚七点左右离港前往曼谷。他会正式下令要求他们船长载我一程，并等我到十点钟。

说完他就从办公椅上站了起来，我也起身了。毫无疑问，我头昏脑涨，而且感觉四肢有些沉重，似乎自从我在那椅子上坐下后，四肢就变大了。我鞠了一躬。

可以察觉到艾利斯船长的举止发生了微妙的变化，好像这位尼普顿的副手放下了三叉戟似的。在现实中，他只是在起身时放下了那支官家的笔而已。

1　1888 年 1 月作者乘坐梅丽塔号（Melita）从新加坡赴曼谷接管了奥塔哥号。

二

他和我握了握手："好了，办好了，你要独自承担了。我已在职责范围内正式委任你了。"

实际上他正和我一起走向门口。这距离感觉好长啊！我挪动时好像被捆绑住了手脚似的。不过我们终于走到了门口，开门的时候我有种做梦才有的感触。在最后一刻，海员之间的情谊被证明是可以超越年龄与地位的。艾利斯船长的话语证实了这一点。

"再见了，祝你好运。"他说得如此真心诚意，我只能以充满感激的眼神回敬他。随后我转身出门，此生再未见到过他。我还没怎么走到外层办公区域，就听到身后传来了粗暴、响亮又充满权威感的嗓音，那是我们尼普顿的副手的嗓音。

他是在和带我进来的船东海员契约监护主管说话，显然那人领我进门后就一直在附近徘徊。

"R 先生，叫港口快艇准备起来，今晚九点半到这儿来接船长上梅丽塔号。"

“好的，长官。”R先生一惊一乍的敏捷应答让我颇为惊愕。他抢到了我前面，朝楼梯平台跑了去。我的新职位与我还没融为一体，以至于我都没意识到——船长——这个尊称原来说的是我。感觉好像一对翅膀突然从我肩膀上长了出来，我轻飘飘地滑过抛过光的地板。

不过R先生对此却铭记在心了。

“听着！”他在平台上大声喊道，而那群站在一旁的马来蒸汽快艇船员则冷漠地望着那位导致他们加班到这么晚的人，他们没法去赌博了，没法去找姑娘了，也没法享受单纯的天伦之乐了。“听着！就他一个人。你们猜他刚才怎么着了？”

他的眼神满是怀有敬意的好奇之情。我感到非常困惑。

“这是为了我吗？我完全不知情啊。”我结结巴巴地说道。

他点了很多次头：“是的。在你之前，上一个有这待遇的是个公爵。好啦！”

我想他可能期待我当场晕厥过去，不过我太赶时间了，没空做这些情感表演。我的心绪已经一团乱，因此这一惊人的信息似乎不会有什么影响了。它仅仅落入了我熔炉般沸腾着的大脑里，在我和R先生走过一小段饱含深情的送别之路后，我已经成功处理掉了它。

大人物的恩惠为他们选择的幸运儿戴上了一圈光环。这位好先生询问是否有什么可以帮到我的。他跟我只有一面之缘，而且他非常清楚以后再也不会见到我；我和这个港口上的其他海员一样，只是他们用虚假优越感书写官方文书和填充表格的对象而已；手持笔墨的人，总对官僚建筑的高墙外与现实格斗的人有这种虚假优越感。我们对他而言跟鬼何异！只是他们在书册和厚厚的登记簿里摆弄的符号而已，没有大脑、没有肌肉也没有人生困境；基本是毫无用处，而且毋庸置疑是低他们一等的。

而他在办公时间结束后竟然想知道有什么能帮上我的！

确切说来，我应该感激涕零才对。不过我都懒得想这件事，这只是充满奇迹的一天中又一件不可思议的奇迹而已。我和他分道扬镳，当他是个符号而已。我轻飘飘地走下扶梯，走出冠冕堂皇的大门，又继续轻飘飘地走了下去。

我用“轻飘飘”这个词，而不用“飞步”，是因为我清楚记得，虽然青春激情让我身轻如燕，但我的举动还是足够从容的。对于在异国他乡忙着自己活计的白色、棕色和黄色肌肤的混杂人群而言，我展现出镇静行走的表象。任何形式的心不在焉都比不上我对世界万象的超然之感。我当时就觉得，这已是世界的终点了。

不过，突然间我认出了汉密尔顿，我毫不费力地就认出了他。我不感到震惊，也没被吓一跳。他正带着他那呆板自傲的尊严朝着港务局走去。他的红脸很远就能被认出来，正在树荫一侧的街道上泛着红光。

他也看到我了。不知为何（也许是潜意识的激昂情绪所致）我娴熟地朝他挥了挥手。我还没来得及意识到自己能干出这么缺乏品位的事来，手就已经挥出去了。

我这一冒失举动让他突然停了下来，犹如被子弹射中一般。虽然据我所见，他并没有真的摔倒，但我确信他踉跄了一下。很快我就走过去了，也没有回头看。我已经忘记了他的存在。

之后的十分钟可能是十秒钟，也可能是十个世纪——全都取决于我的意识怎么发生作用。也许我身边的人都倒地死去，房屋崩塌，枪林弹雨，我都无从知晓了。我脑子里只想着："我的天哪！我得到了它！"它[1]指的是船长职位。我在平庸的白日梦中，都根本没预想过它的降临方式。

我意识到自己的想象力一直在常规路线运转，自己希冀的又都是单调无聊的物事。我曾经设想，通过受聘于某家非常有名的船运公司，经过缓慢的升职过程来获得一船之长的职位。这是作为忠诚服务的奖赏。嗯，忠诚服务当然没问题。人们会很自然地为了自己、为了船只，也为了对自己所选择的生活的热爱而忠诚地服务，但不是为了这个奖赏。

奖赏这一概念有令人厌恶的成分在里面。

如今我已经得到了一船之长的职务，完全落袋为安了。取得的方式虽不会不被认可，但完全意想

1　原文为斜体。

不到。这超出我的想象，脱离一切合理的期待，甚至某些试图不让我得到这个职位的阴险诡计都阻挡不了我。虽然这诡计确实无用得很，但是增加了奇迹之感——似乎受一股高于商业世界平凡机构的力量支配，我被特别指派给了这艘陌生的船。

一种奇怪的狂喜之感开始侵入我的身体。如果我为了这个指挥官之职，努力了十年甚至更久，就不会有这种感觉了。我感到有点儿害怕。

“咱们冷静下来。”我对自己说道。

海员之家的门外，卑鄙的乘务主管似乎在等着我。门口有几级宽阔的台阶。他好像被链子锁住了似的，在平台上跑来跑去，像一条心神不宁的狗，看上去仿佛因为嗓子太干而吠不出声了。

遗憾地说一句，进门前我停了下来。我的道德本性经历了一场斗争。我盯着他看了足有半分钟，他张着嘴，屏息等待着。

“你以为这事儿能瞒过我？”我恶狠狠地说道。

“你说你要回家了啊，”他惨叫着，“是你说的啊，你说的啊。”

“我倒想知道艾利斯船长听到这种借口会说什

么。”我慢慢说出这话来，透出些凶兆的意思。

他的下颚全程都在颤抖，声音变得像病羊发出的咩咩声一般：“你把我说出去了？你这样坑了我？”

无论是他的焦虑痛苦，还是这事儿纯粹的荒谬性质都无法让我解气。这是第一次有人尝试害我，至少是第一次被我逮个正着。我那时还很年轻，还远远位于阴影线的这一边，所以对这种事情自然感到惊讶和愤愤不平。

我执拗地注视着他。让这家伙受苦吧。他拍了下自己的额头，而我则进了门，走进了餐室里。他在我身后尖声喊道：“我一直都说你会把我搞死的。”

这吵嚷声不仅我听到了，还远远传到了游廊上，把贾尔斯船长给吸引出来了。

他站在门口，就在我前面，还是带着一贯的十足睿智感。金表链在他的胸口闪着光，他手里则拿着一支阴燃的烟斗。

我热情地朝他伸出了手，他似乎吃了一惊，不过最后还是给出了看起来足够热忱的回应。他脸上挂着的那抹仿佛自己知道得更多似的微笑，像刀子一般打断了我的感谢。我想我最多说了一个词儿，即便只是这一个词儿而已，据我面部的温度判断，我也已经脸红了，好像这举动失误了似的。我换了种超然的口吻说，想知道他到底是如何察觉到有这么个小阴谋的。

他得意扬扬地低声说道，这个城市里发生的事，没有几件是他看不穿内情的。至于这个旅馆，他已经断断续续住了快十年了，这里头发生的事情没有逃得出他丰富的阅历的。对他而言这事一点都不麻烦，完全不麻烦。

他用平静而低哑的声音说，想知道我是否好好告了乘务主管一状。

我说我没有，虽说不是因为没有机会。艾利斯船长来请我时，没考虑到后续的情况；结果在他要找我的时候，我却以这种荒谬的方式联络不上。

"有意思的老先生，"贾尔斯船长插嘴道，"对此你说了些什么呢？"

"我只是说，一听说他发出的信息我就过去了。没说其他的了。我不想伤害乘务主管，也不屑于伤害这么个货色。是的，我没有投诉，不过我相信他觉得我投诉了。让他胡思乱想去吧。他一时半会儿忘不了这惊吓，因为艾利斯船长会把他一脚踹到中亚去的……”

“稍等。”贾尔斯船长说着就突然离我而去。我坐了下来，觉得非常疲惫，主要是我的脑袋。我的思绪还没能飘开，他就又出现在了我面前。他低声解释了为什么他得去让那家伙安心。

我抬起头来吃惊地望着他，但实际上我漠不关心。他解释说，刚才看到乘务主管脸朝下趴在马鬃沙发上，现在他没事了。

“他不会被吓死的。”我轻蔑地说道。

“不会的。不过他可能会从自己房间里放着的小瓶子里挑一瓶，然后服药过量，”贾尔斯船长严肃地解释道，“几年前，这个惊慌失措的蠢货曾经试过服毒自杀。”

“真的哦？”我毫无感情地说道，“反正他看着也不太适合活着。”

“至于这话，对很多人都适用吧。”

“别这样泛化！”我烦躁地笑着抗议道，“不过我想知道，贾尔斯船长，如果您不再照料这地方，这儿会变成什么样啊？您这一下午时间，给我争取到了船长职位，又救了乘务主管一命。不过我也不明白，您怎么会对我俩的事有兴趣。”

贾尔斯船长沉默了一小会儿，然后严肃地说道：

“他真的不是一个坏的乘务主管。至少他能找到不错的厨师，而且更重要的是，找到后还能留住他。我还记得乘务主管上任前的那些厨师……”

我肯定做了点不耐烦的动作，因为他自己停了下来，道歉说要我在这里听闲话；毫无疑问我得抓紧时间去做准备了。

我真的需要独处一下，于是匆匆抓住了这个机会。我的卧房所在的一翼显然无人居住，它是我静谧的避难所。我完全没事情要做（因为我还没打开行李），于是我坐在床上，放任自己在时光的影响中游荡，那些意想不到的影响……

一开始我好奇自己的精神状态。为什么我没有感到更加吃惊？为什么？此刻的我，在一眨眼的工夫里被授予了指挥官之职，与其说是人世事物的正常过程，倒不如说更像是魔法所致。我理应惊呆了才是，但我没有。我特别像童话里的人物，没有什么会震惊到他们。当一个南瓜变成了一辆人员齐备的宴会马车来接她去舞会时，灰姑娘连一声惊叹都没有。她静静地上了车，朝人生的红运驶去。

艾利斯船长（一个暴躁的仙子）从抽屉里拿出了一个指挥官职位，几乎和童话里一样出人意料。不过指挥官职位是个抽象的概念，似乎“没那么惊奇”，直到我想起来这可是和一艘实际存在的船联系在一起的。

一艘船！我的船！她是我的，比世界上的一切都更属于我，也更归我照料；一个要为之负责和奉献的对象。她在那里等待着我，被咒语困住无法动弹，无法生存下去，无法到外面的世界去（直到我出现），好似一个被施咒的公主。她的呼唤传到我耳里，犹如九霄云外所来。我从来没有怀疑过她的存在。虽然我不知道她是什么样子的，也几乎没听说过她的姓名，但在未来的某一段时间里，我们被不可分割地联系在一起，同生共死！

我的血管里突然涌入一种急不可耐的激情，它带给我一种空前绝后的存在感。我才发现自己多么适合做海员，无论是心灵、思想还是身体上，我都是为了海洋和船只而生的；大海是唯一要紧的天地，而船只则是对男子气概、性情、勇气、忠诚以及爱的考验。

我经历了高雅细腻的一瞬间，也是独特的一瞬间。我从座位上跳了起来，在房间里来回走了很久。但当我下楼时，已表现得十分镇定。只不过晚餐我什么都吃不下。

在我表明不打算坐车而是走着去码头之后，我必须得为龌龊的乘务主管说句公道话，他振作起来给我安排了几个搬行李的小工。他们用条长木棍挑着我所有的财产（除了放在我口袋里那一点点钱以外）出发了。贾尔斯船长自愿陪我一起走过去。

我们沿着阴沉昏暗的小巷子，穿过了滨海大道。树荫下还算凉快。贾尔斯船长突然笑了起来，说道："我知道有人看你走了，会非常感恩的。"

我猜他是说乘务主管。这家伙直到最后一刻，在我面前都是一副闷闷不乐被吓到的样子。他为什么无缘无故要对我使坏？我对此表示不解。

"你没看出来，他是想偷梁换柱把汉密尔顿塞到你前面去应聘那份工作吗？这样就能把他搞走了。就可以一劳永逸地请走他。明白了吗？”

“天哪！”我惊叹道，某种程度上感觉受到了羞辱，“这有可能吗？他真是太蠢了！就那个蛮横、放肆的懒虫？呵！他不至于吧……我感觉，他竟然差点搞成功；因为港务局无论如何都得派个人过去。”

“哎，像我们乘务主管那样的傻帽儿有时候是很危险的，”贾尔斯船长简洁明了地断言，“就因为他是个傻子。”他又加了一句，用他那自满的低沉语调给出了进一步的指点。“因为，”他继续以一种已成套路的讲演方式说道，“心智正常的人都不会冒这个险，为了摆脱这个有点烦人的家伙——一件小烦心事而已——他有可能丢了饭碗，这可是他不至于挨饿的唯一活路啊。正常人会这么做吗？”

“行吧，不会吧。”我承认道，他说出自己睿智的结论时，有某种难以理解的真诚感，好像这是违禁行为结出的果实似的，我憋着自己嘲笑他的欲望。“不过那家伙看上去挺疯癫的。他肯定是疯了。”

“这个嘛，我相信这世界上每个人都有一丁点儿疯狂。”他平静地说出这话来。

"你觉得没有例外吗?"我问道，就想知道他的态度。

他沉默了一小会儿，然后用一种让人印象深刻的方式直达主题：

"不然呢?肯特说，连你都是那样的。"

"是吗?"我回嘴道，突然非常怨恨老船长。"我口袋里有他写的品行鉴定书[1]，上面可没这样写。他有给你说什么我的疯癫事迹吗?"

贾尔斯船长用一种安抚的口吻解释道，这不过是一句友善的评价而已，针对的是我没有明确理由就突然离职的行为。

我生气地咕哝道："哦!离职。"我加快了步速，他配合我的速度，在大道深深的阴影中与我并肩同行，似乎我是个不受欢迎的人物，而把我送出殖民地是他要尽责完成的使命。他有点气喘吁吁的，某种程度上非常可怜，不过我没有觉得感动。与之相反，他的不适给了我一种邪恶的快感。

我很快平静下来，放慢了脚步，说道：

---

1 这是一份离职文件，主要说明水手的品行情况。

“我其实是想让自己重新振作起来。那时我觉得时机已到。这很疯狂吗？”

他没有回答。我们正要从大道上出来，横跨运河的桥上有个黑漆漆的、踌躇不定的人影，似乎是在等着什么人或什么东西。

那是个马来警察，他光着脚，穿着蓝色制服。街灯下，他小圆帽上的银带子露出微光。他怯生生地朝我们这边望着。

我们还没走到他那儿，他就转过身去，在我们前面往埠头方向走去了。他和我们大概有百来码[1]距离；接着，我发现我的小工们正蹲在那儿，扁担还在他们肩膀上，我的财产被放在他俩之间的空地上，依旧绑在扁担上。目之所及，码头上除了那警员别无他人，他朝我们敬了个礼。

他似乎觉得小工们是可疑人物，因此拦下了他们，并禁止他们上埠头。不过我一示意，他就很利索地解除了他们的禁令。那俩任劳任怨的伙计轻声哼哼了下，一起站了起来，然后踏着埠头的木板小

1　1码大约为0.9144米。

跑而去。我准备向贾尔斯船长告别，他站在那里，周身洋溢着一种任务快要完成的氛围。无法否认，他确实完成了。正当我在犹豫不决地挑选合适的语句时，他先开腔了：

“我预计你会忙于处理各种麻烦事的。”

我问他为什么会这样觉得，他回答说，这是他对这个世界的普遍经验。一艘远离自己港口的船只，船东又无法通过电报联系上，唯一可以解释所有事件的人却已身死入土。

“而且某种程度上来说，你自个儿也还是这行的一个新手。”他用一种不可辩驳的语气总结道。

“不需要强调，”我说道，“我非常清楚这点。我希望在我出发前，您可以传授一小部分经验给我。不过这事十分钟也解决不了，我最好还是不要开口要求了。而且这艘港口快艇还在等着我。直到我把自己的船驶进印度洋，我的内心才会平静。”

从曼谷到印度洋可是挺长的一步啊，他随口说道。这轻轻一句话，犹如遮光灯具[1]中的微光一闪，

1 遮光灯具，这里指一种有滑动装置的遮光灯具。

为我短暂展示了那些宽阔的岛屿带和暗礁。这艘未知的船舶——我的船——要跨过它们才能在全球宽广的大洋上自由驰骋。

但是我不感到忧惧。我那时候对马来群岛已足够熟悉。只要用极度的耐心和极度的细心，我就可以驶出这片布满斑驳岛屿、风力微弱、水流静止的海域，让我的船在汹涌海浪上施展身手，随着海上恒风的伟大呼吸摇摆向前，这会赋予她一段更广阔、更热烈的生命。路途是漫长的，任何通往人们内心深处欲望的道路都是漫长的。但是我的内心用专业方式画出了这条路的图表，也标明了上面的复杂处和困难处，因此某种程度上这条路又足够简单。一个人要么是块做海员的料，要么不是。毫无疑问，我是一个海员。

我唯一感到陌生的区域是暹罗湾[1]。我也和贾尔斯船长说了。这不是说我对此非常担心，我了解它所在区域的自然特征；之前我和那帮迷人的同事离

1 暹罗湾是泰国湾的旧称，泰王国的南海湾，其东南部通南中国海，北部和东部濒临泰国、柬埔寨和越南，西部是泰国和马来西亚。

别时，我好像突然看清了这海域的本质，那是我在那艘船上的最后几个月里发生的，如今我已与那船无关。

“那个海湾啊……是啊！是片很有意思的海域。”贾尔斯船长说道。

用“有意思”这个词来形容海湾显得有些语义不明，整句话听上去像是一个生怕说错话的小心谨慎之人发表的观点。

我没有问，所谓“有意思”是什么意思，因为真的没时间了。但在最后一刻，他主动给出了一条警告。

“无论你怎么开，都要让船靠着海湾的东边。西边在每年这个时候是很危险的。不要被任何东西吸引过去，除了麻烦事那边什么都没有。”

虽然我很难想象有什么东西可以吸引我把船只带进洋流和马来海岸线[1]上的暗礁中去，但我还是对他的建议表示了感谢。

他热情地抓住我伸出的双手，接着我们的萍水

1 据康拉德学者的相关研究，按照前后文，此处应该为“暹罗海岸线”，但作者原文如此，不做更改。

相逢在一声“晚安”中戛然而止了。

他就只说了句“晚安”，再无其他。不知道我原本打算说什么，但无论是什么，我一吃惊都给吞回去了。我一时语塞，然后有点紧张地匆匆大声说道：“哦！晚安，贾尔斯船长，晚安。”

他的举止一直都是从容不迫的。我心神还未镇定到可以效仿他时，他已沿着荒芜的码头倒退着走了一段。我侧着身朝埠头方向走去。

只不过我的举止并不从容。我急匆匆走下台阶，跳进了快艇里。我还没在船尾座板上坐稳，这窄窄的小船的螺旋桨就突然卷起一片水涡，船腹发出微光的黄铜排气管猛烈快速地喷出废气，推着她快速驶离了埠头。

她尾部水花四溅的搅动声是世界上唯一的声响。海岸线在深深的睡眠中逐渐陷落下去。我注视着城镇在炎热之夜中静静地无声远去，直到一声突兀的招呼声“蒸汽快艇，哎嘿！”才使我转过头，面朝着前方了。我们靠近了一艘白色的如幽灵般的轮船。她的甲板上亮着光，舷窗里也透着光。刚才那个声音在船上喊道：

“这就是我们那位乘客吗?”

“是的。”我喊道。

船员们显然已经在忙碌中了。我能听到他们跑来跑去的声音。从“绞紧缆绳”到“放下舷梯”以及冲我发出的急迫请求“快上来，长官！因为你，我们延误了三小时……你知道的，我们本该七点出发！”等指令声中，当代人的奔忙精神响亮地体现了出来。

我登上了甲板，说：“不！我不知道！”当代人的急迫感在这个人[1]的身上表现得淋漓尽致，他身材干瘦，长手长脚，留着修剪过的密密的络腮胡。他瘦削的手又热又干燥。他情绪澎湃地宣称：

“我再多等五分钟就会被绞死，管他什么港务总监。”

“那是你自己的事儿，”我说道，“我可没叫你等我。”

“希望你没想着有晚饭吃，”他大声喊道，“这儿可不是海上寄宿屋。你是我这辈子接的第一位乘

1　根据不同的资料显示，当年梅丽塔号的船长是莫雷兹(Moretz)或莫尔克(Morck)。

客，我祈求上帝，你也是最后一个吧。”

我没有回应这句热情友好的言论；他确实片刻都没有多等，马上冲去了驾驶台，把船了开出去。

我在船上的三天，他都没有改变半分敌对的态度。他的船因为我耽误了三小时，可惜我不是个地位更为显赫的人，所以他没法原谅我。他没有明确说出这话来，但从他的谈吐里一直都流露出那种恼火的不解情绪。

他真可笑。

他也算是个经验丰富的人了，对此他炫耀不已；不过他和贾尔斯船长反差强烈，可谓云泥之别。如果我有心情，会觉得他好笑的；不过我无心取乐。我好比一个期待相会的爱人，人类的敌意对我而言毫无意义。我心里只想着自己那艘未知的船。这已经足够供我取乐、使我煎熬、让我忙碌的了。

他的心智足够敏锐，察觉到了我的状态。于是，他用一种老男人下流的、愤世嫉俗地嘲弄年轻人的美梦和幻想的手法，对我的全神贯注进行了挖苦。而我忍着没有问他，我的船是什么样子的，虽然我知道他每两周都会去一次曼谷，肯定认得我那艘船。我不会让那艘船——我的船！——被人轻蔑地提及。

他是我接触的人当中，第一个完全没有同情心的。我受的人生教育远不足够，但我当时并不知情！是的，我那时候还不知道这一点！

我只知道他不喜欢我，对我有些蔑视。为什么？显然是因为他的船为了我延误了三个小时。我算什么东西，能让他们为我这么做？从来没有人为他做过这样的事。这是一种嫉妒引起的愤慨。

我的期待混杂着恐惧被推向了最高点。这几天的路程过得好慢，但又结束得好快啊。某天清晨，很早的时候，我们穿过了沙洲；太阳正金灿灿地从地平线上升起，我们加足蒸汽绕过了数不尽的弯道，掠过镀金宝塔投下的阴影，抵达了城郊。

就是这里，这个东方的都城在河口[1]两岸铺排开去，尚未受到白种征服者的侵扰；浑浊河流的岸上，棕色泥土里冒出一大片用竹子、草垫以及树叶

1　指泰国第一大河流昭披耶河，中文曾误称湄南河，湄南在泰语中乃河流之意。

搭建而成的棕色房屋，全是植物材质风格的建筑。试想在这几英里[1]的人类聚居地里，可以找到的钉子可能连六磅[2]都不到，真让人惊奇。其中一些木棍和草类搭建起来的房子，如某种水栖生物的巢穴般依附在低低的河岸上。有些房子像是从水里长出来似的；还有些排成一长列，漂浮锚定在河流正当中。远处，在密集、低矮的棕色屋脊群之上，星星点点地耸立着巨大的石造建筑群，那是皇宫和寺庙。这些建筑华美却又失修，在垂直射下来的阳光里残破凋零；它们体型庞大、不可抵抗，人几乎可以感触到它们的存在，呼吸间它们钻进了鼻孔，从而进入到人们的胸腔里；它们又透过皮肤上的每一个毛孔被吸入了人的四肢中。

就在那时，因为某些原因，那个害了嫉妒病的可笑受害人把船停了下来。轮船随着海浪慢慢朝上游漂去。我焦虑地在甲板上走着，这是一种麻木的、心不在焉的状态，是浪漫的幻想和对自己资历的现实考量的混合结果；我都没有注意到身边的新

---

1 英制单位，1 英里约等于 1.6 公里。

2 英制单位，1 磅约等于 0.4536 公斤。

环境。时辰已到，是时候亲眼看看我的船了，也是时候去专业领域的终极考验中证明自己的价值了。

我突然听到那个蠢货在叫我。他召唤我登上他的驾驶室。

我其实不太想理他，但是他看上去有些特别的事情要和我说，于是我爬上了舷梯。

他一只手搭在我肩膀上，微微把我推转过去，同时另一只手指着前面。

“就在那儿！那艘就是你的船，船长。”他说道。

我觉得胸腔里突然怦的一下——就一下而已，好像我的心脏随后就不再跳动了似的。岸边还有十几艘船停泊着，他所说的那艘船，被邻船的尾部挡住了一部分。他说：“我们一会儿就会漂到她旁边的。”

他那是什么语气？嘲讽？威胁？抑或只是冷漠而已？我分辨不出来。我怀疑他这突然的兴趣盎然中有一些恶意。

他走开了，我倚着驾驶室的围栏往那边望着。我不敢抬眼看，但我必须得看一看，实际上我也控制不住自己。我想，我颤抖了。

但当我的眼神落在我自己的船上时，我的恐惧立马烟消云散了。恐惧如一场噩梦般迅速散去了。不过梦境不会让人醒来后还感到羞耻，有一瞬间，我对自己之前毫无意义的疑神疑鬼感到羞耻。

是的，她[1]就在那里。她的船体和索具看得我十分满足。过去几个月，让我焦虑不安的生命空虚感，在一连串的喜悦情绪中丧失了它令人痛苦的可信度和邪恶的影响力。

我第一眼就发现她是一艘高级船，是一个船体曲线流畅、桅杆高度比例适当的和谐作品。不论她船龄多少，有过什么经历，她依旧留有原装的特征。她属于那种因为设计和彻底抛光而永远不会显旧的船只。一同停靠在岸边的船只都比她庞大，她看着犹如一个出身高贵的生物——好像拉车的驽马

1　原型奥塔哥号是一艘载重 367 吨的铁制三桅帆船（又称巴克型，除后桅是纵帆，其余皆是横帆），1869 年在格拉斯哥由亚历山大·斯蒂芬父子公司建造。作者指挥该船时，它属于阿德莱德港（Port Adelaide）的亨利·辛普森父子公司。

中混了一匹阿拉伯战马。

我身后传来一句恶心的阴阳怪气的话语："希望你对她还满意，船长。"我连头都没转。这是蒸汽船的船长说的。无论他是什么意思，也不管他觉得这船如何，我都知道，就像某些罕见的女子一样，有些生物的存在就足以唤醒人们心中忘我的愉悦感。她就是那样的，因为她的存在，你会觉得活在这个世上真美好。

人类最卓越的工艺品会产生一种令人痴迷的生命力和个性的幻象，她的身上正散发着这一特质。一捆巨大的柚木原木从她的舱口晃过；这木头毫无生命力，看上去比她甲板上的任何东西都要更沉、更庞大。当他们开始往下放这捆木材时，滑车突然一沉，整艘船从水位线到索具最精细的部分，直冲桅顶都震颤了一下；她好像因为这载重抖了一下。让她承载这么多重量看上去很残忍……

半小时后，当我第一次踏足她的甲板时，获得了一种深深的生理上的满足感。那一刻的充实感是什么东西都比不了的，这是一段情感历程最理想的完结方式。我无须经历晦暗职业生涯中最初的辛劳，以及后来的大彻大悟，就获得了这一经验。

我的目光快速扫过她，看全了她的样子，借助她的形态，将我有关这次指挥任务的抽象认知具体化了。许多细节是海员们一眼就能看到的，这些细节引起了我的注意，瞬间变得很清晰。至于其他的，她和她的材质状况我是分开看待的；她停靠的海岸好像不存在了，这世上所有的国家与我何干？在这世界上，任何可航行的水流冲刷过的地方，我俩之间的关系都不会改变——比语言中用词汇可形容的程度更为亲密。除此之外，所有的情境和经历都将只是过眼云烟。主舱口附近忙碌着的马来小工们是比梦境还不真实的存在，毕竟有谁想做梦时看见他们啊？

我朝船后部走去，登上了船尾。在天棚下方，游艇风格的黄铜配件、抛过光的围栏表面以及天窗玻璃都闪着光。就在船尾，两个海员正忙着清理舵机，反射到他们弓着的背部的波光淘气地闪动着；他们继续劳作着，没有注意到我，也没有注意到我路过时投向他们的近乎深情的目光。我朝船舱的升降口走去。

舱门大开着，门板被推靠在里面。半旋转的扶梯挡住了视线，看不到休息室。一阵低声的哼唱从下面传了上来，不过一听到我下楼的声音，那哼唱声就突然停止了。

三

扶梯脚下某扇门里，首先映入我眼帘的是一个男人的上半身，看样子他向后靠着。他睁大眼睛一动不动地看着我，一只手里端着个餐盘，另一只手拿着块布。

“我是你的新船长。”我平静地说道。

一瞬间，就一眨眼的工夫，他已经放下盘子和布，跳起身给我来开舱门了。在我走进会客室的时候，他不见了，不过没一会儿工夫他就又出现了。他以“快速换装”艺术家的速度穿上了一件外套，此刻正在扣扣子。

“大副在哪儿?”我问道。

“我想他在船舱里，长官。十分钟前我看到他下了后舱口。”

“告诉他，我已经登船了。”

天窗下方桃花心木的红褐色桌子在夕阳中泛着光，好似一潭深色的池水。餐具柜的顶部是大理石做的，柜上立着一面宽大的镶着镀金边的镜子。镜子两边各有一盏镀银灯，以及其他一些装饰物，显然有展示港口景致的。会客室装有两种木材的嵌板，体现出船只建造年代所流行的出色而简约的品位。

我在桌首的扶手椅上坐了下来，这是船长的椅子，椅子上方还挂着一个指示航标情况的罗盘，这是对防微杜渐精神的无声提醒。

椅子上坐的人换了一个又一个。这个想法突然清晰地映入我的脑海，似乎他们每一位都在这四面装饰华美的舱壁上留下了一点自己的印记；似乎一种复合而成的魂魄——指挥官之魂——突然冲我那经历过航海岁月以及焦虑时刻的灵魂耳语。

“你也会的！”它似乎对我说道，“你也会在一片留不下痕迹、存不住回忆、从不计算生命几多的广袤无垠中，探寻与自身的亲密相处，从中体会到那份平和与不安。你也会和我们一样不解；面对一切风浪波涛时却也和我们一样卓绝。”

在透过天棚投下的炎热昏暗的光线中，我在失去光泽的镀金镜框的深处看到自己双手托着脸。我盯着自己看，有一种距离造成的完美超然感。除了感到好奇之外，我没有其他感觉。考虑到一切的意图和目的，这职位犹如一个朝代，我有点同情这个朝代的最新代表人。这朝代不通过血统延续，而是通过经验、训练、责任概念，以及受庇佑的传统人生观的纯粹来延续。

我眼前这个静静盯着看的男人，既像我本人又像是其他人，但他又非孤身一人，这让我吃了一惊。他在一班自己不认识的人当中占有一席之地；他从未听说过他们，但他们都受同一股力量的影响和改变；他不了解他们微不足道的毕生事业，但他们的灵魂对他袒露无遗。

我突然观察到会客室里还有另一个人，他在房间一侧站着，专心地看着我。那是大副。他的外貌特征主要由长长的红色八字胡定调，说来很奇怪，这让我觉得他好斗得可怕。

他在那儿看了我多久？在我毫无防备地沉浸在白日梦中时这样打量我。我的正前方，在镜框的顶上有一个挂钟，我注意到上面的分针都没怎么动，不然我更不会安心了。

我在船舱里应该总共不到两分钟，就算三分钟好了……因此他盯着我看肯定不到一分钟，幸好。不过这事还是让我感到不悦。

但我悠闲地（我必须悠闲）起身，没有表现出不悦，接着极其友好地和他打了个招呼。

他的举止有点不情不愿，但同时又流露出体贴的一面。他叫伯恩斯[1]。我们走出船舱，一起巡视了船舶。在天光下，他的脸看上去非常苍白、瘦削，甚至憔悴。不知为何我忍不住经常看他；相反，他的眼睛倒没有凹陷下去，那是对绿色的眼睛，透出些许期盼的神情。

我提的所有问题他都轻松回答了，但我的耳朵似乎察觉到一丝不情愿。二副带着三四个船员在船头忙碌着。大副提了他的名字，我路过的时候冲二副点了点头。他非常年轻，让我觉得他还是个孩子而已。

回到下层后，我在一张高靠背的、覆着长毛绒的半圆形——或者说半椭圆形的长沙发的一头坐了

1　伯恩斯的形象部分来源于作者在奥塔哥号上的大副查尔斯·伯恩（Charles Born，1854—1902）。

下来。这张沙发正好横跨整个船舱的尾部。伯恩斯先生走过去找座，一屁股坐在桌边的一张转椅上，眼睛直勾勾地盯着我。在这种氛围下，一切都好像是虚构似的。他期盼着我能起身，然后突然大笑，拍拍他的后背，最后从船舱里消失不见了。

这情景给人一种奇怪的压力感，我开始觉得不舒服，开始对抗这种模糊的感觉。

“这只是因为我没什么经验。”我想。

据我判断，他应该比我大几岁。看到了他，我才意识到我早已遗忘的一样东西，那就是我的青春。但这实在没法安慰到我。只要你不刻意去想它，青春就是个好东西，是一种强大的能量。我感到自我意识正在复苏，于是几乎是在违背自己意愿的情况下，用一种易怒的严肃语气说道：“伯恩斯先生，我看到你把她保养得很不错。”

我一说出这话，就生气地问自己，我他妈为什么要说这个？伯恩斯先生只冲我眨了眨眼睛来作为回应。这到底是什么意思？

我退而问了一个在心头萦绕很久的问题，任何海员加入一艘船的时候，这个问题都是再自然不过的。我用一种轻松的[1]、愉快的语气问道（我要打败这种自我意识）：“我想她是可以航行的，是吧？”

这样的一个问题应该可以得到正常的回答，要么是用怀着歉意的悲伤语气，要么是一种显而易见有所克制的自豪感，类似“我不想吹牛，不过你会知道的”之类的语气。也有些水手会粗鄙直言“她是个大懒虫”，或者坦率欢快地说“她身轻如燕”。这两种回答方式、四种回答风格皆可。

不过伯恩斯先生找到了另一种回答方式，他自己的方式。无论如何，就算没其他好处，这回答方式也有节省力气之效。

他什么话都没说，只是皱了皱眉，而且是恼怒地皱眉。我等了会儿，没有听见他说话。

“什么情况？……在船上待了快两年，连这个都回答不了？”我针锋相对地问道。

他那样子好像吃了一惊，似乎此刻才发现我的存在。不过这神情几乎瞬间消散，他又恢复了冷漠的表情。但我猜他觉得最好还是说点什么。他

1　原文为法语。

说，和人一样，一艘船需要有机会去展现自己的性能，但自他上船后，这艘船还没有遇到机会。至少他不记得有过。前一任船长[1]……他停了下来。

“他运气就那么差吗？”我直接怀疑地问道。伯恩斯先生的眼神从我身上移开了。不，前船长不是个运气差的人，不能这样说他。只不过他似乎不想好好利用自己的运气。

伯恩斯先生这个情绪神秘莫测的人，面如死灰般说出这话来，他说的时候故意盯着舵杆管[2]。他这番话隐约话里藏话。我平静地问道：

“他在哪儿死的？”

“这个会客室里。就在你坐的位置上。”伯恩斯先生回答道。

我克制住了自己想一跃而起的愚蠢冲动；不过总的说来，我听到这个还松了口气，毕竟他没有死在那张我马上要睡的床上。我向大副指出，我其实

---

1 在康拉德之前的奥塔哥号的船长为约翰·斯耐登（John Snadden，1837—1887），1887年12月8日逝世于海上。小说中的前任船长的形象与斯耐登毫无关系。

2 舵杆管里面安装有舵杆，舵杆是指舵叶转动的轴。

想知道他把前船长埋葬在哪里了。

伯恩斯先生说他藏在了进入海湾的海里，坟墓足够宽大，确实如此。也许大副曾想就此打住，不过他并没有停下来。可以看出，他在克服内心的一些想法，比如对于接受我的出现（无论如何，这是不可改变的事实），他有一种奇怪的抗拒感。

他固执地对着舵杆管说话，我相信他这样做是为了和内心的感受妥协。在我看来他好像在自言自语，还有一点点不清醒的感觉。

他说的故事如下：午前值班时间，七点整，他把所有船员都召集到了艉主甲板上，对他们说最好下去和船长道别。

他说的话像是对一个入侵者的怨怼，足以让我如亲历般地幻想起那场怪异的仪式来：那些海员光着脚，没戴帽子，小心翼翼地挤进了那间船舱。一群人乱糟糟地挤靠在餐具柜上，他们不是动了真情，只是被挤得不舒服而已。他们的衬衫领口大开着，露出被太阳晒黑的胸口。一张张饱经风霜的面庞，都带着同样的既凝重又有所企盼的神情，盯着这个将死之人。

"他那时候还有意识吗?"我问道。

"他没有说话，不过他转过了眼睛看着他们。"大副说道。

等了一会儿后，伯恩斯先生叫船员们退出船舱，又让最年长的两位留下来陪船长，自己则拿着六分仪[1]上甲板去"搞太阳"[2]了。时已近午，他着急想要好好测一下船只所在纬度。当他下楼去放回六分仪的时候，发现那两个人已经不在里面，去了会客室。他透过敞开的门看到，船长靠着枕头放松地躺在那里。他已经在伯恩斯先生做测量的时候"离去"了。大概率是在正午时分，他的姿势几乎没有改变过。

伯恩斯先生叹了口气，心生疑问地看着我，似乎在说:"你怎么还不走?"接着他的思绪又从新船长回到了老船长身上，老船长已死，不再享有权威，不再碍事儿，自然更好对付。

---

1 六分仪是用来测量远方两个目标之间夹角的光学仪器。通常用它测量某一时刻太阳或其他天体与海平线或地平线的夹角，以便迅速得知海船或飞机所在位置的经纬度。

2 即测太阳高度角的戏谑说法。

伯恩斯先生详细地描述了老船长。他是个奇特的人物，大概六十五岁，头发铁灰色，面目严厉，既顽固又沉默寡言。由于难以捉摸的原因，他常让这艘船在海上游荡。有时候他大晚上会跑到甲板上，让船扬帆出航，谁也不知道为什么，也不知道要去哪里。接着他会走到下层，把自己锁在舱房里，连着几个小时地拉小提琴，可能一直到天亮为止。实际上，他从早到晚大部分时间都在拉小提琴，只要他感觉来了，而且特别大声。

后来有一天，伯恩斯先生鼓足了勇气，向船长进言说，他和二副在下层守夜时，被这噪声吵得都打不了盹[1]……他们轮值的时候怎么能撑得住？他求了求船长。那不通人情的男人回答说，如果他和二副不喜欢这噪声，大可收拾好行囊，走下船去。他提供这个选项的时候，船离最近的陆地有六百英里之遥。

伯恩斯先生说到这里时，好奇地看着我。我开始觉得，我的前任真是个奇特的老男人。

1　两人值班，轮流休息之意。

不过后面还有更奇怪的事迹呢。结果，这个严厉的、冷酷的、饱经风霜的、强硬的、海上漂泊日久的、不愿多语的六十五岁水手，不仅是个艺术家，还是个情圣。在某次一分不赚的航程（途中有两次，船只差点失事）结束后，他们抵达了海防[1]。用伯恩斯先生的话说，他在那儿和某个女人“搞在了一起”。伯恩斯先生对这段韵事并无太多信息，不过一张在海防拍摄的相片证明了这件事的真实性。那是他在船长房间的某个抽屉里发现的。

再后来连我都看到过那份奇特的人间纪录（我后来还把那相片扔到海里去了）。相片里，他坐在那儿，双手静置在两膝上；他秃了顶，身形矮胖，看着易怒，不知怎的，让人想起野猪。他身边有个高出许多的、令人厌恶的年长白人女性，她的鼻孔显出贪婪之态，她的大眼睛往前瞪着，露出一种轻贱又不吉利之相。她穿着有些东方特色却低俗不堪的花哨衣服，像是一个低级灵媒，或是那种收半克朗[2]就可以用纸牌帮人算命的女人。但她依旧引人

1 海防为越南第三大城市，越南北部最大港口。

2 英国旧货币单位，值2先令6便士。

注目，一个从贫民窟出来的女魔法师。真令人费解啊。老海员的暴躁灵魂似乎正透过他那满是嘲讽的狂野面庞盯着你看。一想到她竟是这灵魂在情欲世界里留下的最后映像，总觉得有点令人厌恶。不过我注意到，她手里拿着某种乐器，是吉他或者曼陀林琴[1]，也许这就是她魔法的秘密所在。

对伯恩斯先生而言，这照片解释了为什么船舶卸了货还在那个瘟疫滋生、热不透风的港口炙烤了三个星期。大家都躺在那里喘着粗气。船长在短暂巡视时才偶尔会出现，他含糊地对伯恩斯先生说了一些匪夷所思的故事，说他在等一封信之类的。

在消失了一周之后，他突然在半夜上了船，黎明一破晓他就把船开了出去。他在日光下显得癫狂又病态。驶离陆地就花了两天，不知什么原因他们还轻轻触礁了。幸好没有漏水，船长吼着“无论如何”通知伯恩斯先生说，他已经下定决心要把船开去香港，并在那里进干船坞维修。

1　曼陀林琴，或曼陀铃（作者拼写为 mandoline，一般拼写为 mandolin）是一种小型的弦乐器，形状与鲁特琴相似，演奏时一般采用拨片拨动琴弦发声。

伯恩斯先生一听到这个，就跌入了绝望中。因为，一艘没有足够压舱物、储水操作又未完成的船，要逆着一股强劲的季风开去香港，这简直就是疯了。

但是船长独断地吼道，“让她朝准目标”。伯恩斯先生既灰心又愤怒，他只能让船舶朝准目标，保持航向。风把帆布吹得鼓鼓的，船上圆材[1]都承受着压力，船员们也筋疲力尽。他十分确信，这个尝试是不可能成功的，最后一定会以灾难收场，他快被折磨疯了。

此时船长却把自己关在舱房里，在船舶疯狂的颠簸中，挤在沙发椅的一角拉起了小提琴，至少他开始不间断地制造出噪声。

他出现在甲板上时也不说话，即便有人和他说话，也不一定会得到回应。显然他得了很神秘的病，身心已开始崩溃了。

随着日子一天天过去，小提琴的声音越来越轻。到最后，即便伯恩斯先生到会客室里，站在船

1 指帆船的桅、桁等。

长的特等舱房门口听，也只能听到很微弱的划拨声而已。

某天下午，在彻底的绝望中，他冲进那间舱房大闹了一场，他抓扯自己的头发，吼出了恶毒的诅咒，他怒斥这个病人不顾他人死活。储水已经不足，他们两周时间里只开出去五十英里。船永远都到不了香港。

这就是冲着船毁人亡的目标绝望的奋战，这一点毋庸置疑。伯恩斯先生挣脱了所有顾忌，几乎贴着船长的脸大声吼道："你，长官，是个快要离开这世界的人了。但我没法等到你死了才向上风转舵。你必须亲自下命令。你现在必须下命令了！"

沙发上的人轻蔑地吼道："我马上要离开这世界了，是吗？"

"是的，长官，你没剩下多少日子了，"伯恩斯先生渐渐冷静下来，"看看你的脸就知道了。"

"我的脸，啊？……行吧，那就向上风转舵吧，你见鬼去吧。"

伯恩斯飞奔回甲板，让船转到顺风向去了。然后他恢复镇静，但依然果决地回到了下层。

“我规划了去昆仑岛[1]的航线，长官，”他说道，“等我们到了那儿，如果你还活着，就跟我说你要我把船开到哪个港口去，我会照办的。”

那老头用蛮横怨恨的眼神看着他，用一种毫无生气的缓慢语调说出了这些凶恶的话语来：

“如果问我有什么遗愿，那好，无论是这艘船，还是你们，都到不了任何港口。这就是我的愿望。”

伯恩斯先生被深深地震惊了。我相信，那一刻他肯定被吓了一跳。不过，他好像成功地、强有力地笑了出来，这下感到害怕的是那个老头了。他整个人畏缩了，转过了身去。

“他那时候神志还清醒，”伯恩斯先生情绪激动地向我保证道，“他说的每个字都是认真的。”

实际上，这就是前任船长的最后遗言了。从此之后，他的嘴里再没说过完整的话语。当天晚上，他用自己最后的力气把小提琴扔进了海里。没有人实际看到他干这事，但他死后，伯恩斯先生在任何地方都找不到那玩意。空荡荡的琴盒放在显眼的地

---

1 又称昆山岛，是越南南部南中国海中的一个岛屿，也是昆仑群岛中面积最大的岛屿。

方，但琴显然已不在船上了。除了被扔出船，它还能去哪儿？

“他把小提琴扔进了海里！”我惊呼道。

“是的，”伯恩斯先生激动地嚷道，“而且我相信，如果人力可以达成，他会把这艘船都弄沉的。他从来都不希望她能重回故里。他从不给船东写信，也从不给自己的发妻写信，没打算写过。他已下定决心要过漂泊无依的日子。事实就是如此。他不关心生意和船货，也无意接载乘客，其他事他也不关心。他就是想满世界流浪，直到船毁人亡。”

伯恩斯先生看上去像一个大难不死之人。他可能一会儿就会惊叹：“如果没有我的话！”他把自己那对傲慢自大的八字胡弄得往上翘起，好像要朝两边延展开来似的。这胡子反而离奇地令他那对愤愤不平的双眼中清晰可见的纯真感更为凸显了。

如果我不是忙着处理自己的感受——与伯恩斯先生的并不相同——我可能会冲他微笑一下。已是一船之长的我，感受是不可能和船上其他人一样的。我站在这个群体中，犹如一国之君在自己的国家里，我是孤家寡人。我说的是世袭制的君主，而不是那种由选举产生的一国元首。我受到一种近似上帝恩泽的、不接地气又神秘莫测的力量的派遣，前来统治。

正如王朝中的一员，我感觉自己和逝者有种半神秘的关联。我的前任令我深感震惊。

那个人除了年纪以外，他本质上的其他方方面面都和我很像。不过他生命的终结方式是一种完全的不忠，是对一种传统的背叛；这种传统比地球上任何指示牌都更不可违逆。看来即便是在海上，人还是会成为恶灵的受害者。我的脸庞感知到那些塑造我们命运的未知力量的鼻息。

为了缩短沉默时间，我问伯恩斯先生是否给船长妻子写过信。他摇了摇头，他没有写信给任何人。

他瞬间变得阴郁起来。他从没有想过要写信。他之后一直忙着监督不老实的中国装卸工给船上货。我从这一点上，第一次瞥见了在伯恩斯先生身体里躁动不安的真正的大副之魂。

他沉思了会儿，然后阴郁地使劲加快语速说道：

“对！船长差不多是在正午死的。下午的时候我查看了他的文档。日落时我帮他读了葬词。之后我调转船头向北，把她带到了这里。我——带——她——进来的。”

他一拳捶在了桌子上。

“她自己可开不进来，”我评论道，“但你为什么不带她去新加坡[1]？”

他的双眼颤了一下：“这是最近的港口。”他愠怒地咕哝道。

我问这问题时，完全没有别的意思，但他的回答（两地的距离差得不算多）以及他回答的神态为我提供了一丝通往真相的线索。由于这艘船暂缺符合资格的船长，他想把船开到一个可以帮他把临时指挥权转正的港口。至于新加坡，他合理推断认为那里符合资格的人太多了。当他让船转向，想象着自己从毁灭边缘拯救了船只时，他所处的海湾[2]底下恰恰装有电报线，他的幼稚推理遗漏了这一点。这也是我俩对话有点阴阳怪气的原因了，对此我已

---

1 若往南开，差不多的距离便可到达新加坡港。
2 指暹罗湾。

经越来越不受用。

“听着，伯恩斯先生，”我的开场语气非常坚定，“你也许明白，这个职位并不是我争取来的。它是塞到我手里来的，我只是接受了而已。我来这儿首先是要把船开回家，你不必怀疑，我会要求你们船上每一位都尽忠职守，直到我们抵达为止。我要说的就这么多——现在就这样吧。”

这时他已经起身了，不过还没有退下，而是站在那里，双唇愤愤不平地颤抖着，双眼死死盯着我。说真的，从社交礼仪上来讲，那一刻我除了留他在那里发怒就没有其他可做的了。正如其他非常纯粹的情感状态一般，这场面有其动人之处。我为他感到难过，甚至是同情他，直到（显然我刚才没走）他用一种强忍的自制口吻说道：

“如果不是家里有老婆和孩子，长官，你放心，在你上船那一刻我就已经申请离职了。”

我用一种理所应当的平静态度予以回应，就好像他说的是无关第三人似的。

“可是伯恩斯先生，我是不会让你走的。你和这艘船签了契约来做大副，在抵达卸货港、条款终止前，我希望你可以认真履职，尽你所能，用你的经验来协助我。”

他的眼中闪烁着冷冰冰的不信任感，不过在我友好的态度面前，这不信任感消解了。他双手轻轻向上一甩（后来这手势变得颇为熟悉），匆匆走出了舱房。

我们本不必有这一场无伤大雅的切磋的。没过几天，就轮到伯恩斯先生着急地恳求我不要丢下他了；而我回给他的答案都难以令他信服。整件事呈现出一丝悲剧色彩。

这个可怕的问题只不过是一个额外的篇章，它只是整个大问题的一个并发症而已。这个大问题是：如何让这艘船——这艘船连货带人都是我的，但她的身躯和精神都还沉睡在这条遍布瘟疫的河上——如何让她驶出海去。

在伯恩斯先生还是代船长时，他急匆匆地签了一份佣船契约，在一个不会尔虞我诈的世界里这是一份不错的合同。我扫了一眼这合约就发现后面会有麻烦，除非签约的另一方是格外公平又很好商量的人。

伯恩斯先生听了我的担心后，竟然觉得我杞人忧天。他用那种一贯的不信任眼神看着我，酸酸地说道：

“长官，我觉得你是想证明我跟个傻子一样吧？”

我用一贯的友善语气——这常让他大吃一惊——告诉他，我不想证明任何东西。我们等到后面再说吧。

果然，后面的日子发生了许多麻烦事。有一些日子里，我每想起贾尔斯船长就心生怨恨。他用讨厌的敏锐直觉帮我得到了这份工作；而他关于我“会忙于处理麻烦事”的预言竟然真成了，给我感觉他是故意这么说的，给我的青春无知开了个邪恶的玩笑。

没错，我忙着处理复杂情况，这作为“经验”确实很宝贵。人们对经验的好处夸夸其谈。但从这一点出发，经验的意思是，总有些讨厌的事情要发生，这跟充分魅力和纯真的幻想是截然不同的。

我不得不承认自己正在迅速放下幻想。不过对于这些具有教育意义的复杂情况，我不能过分夸大它们。它们的影响可全部用一个词来概括：延误。

写出“时间就是金钱”[1]这句谚语的人可以体会到我的苦恼。“延误”这个词溜进了我大脑的秘密空间里，如当当钟声般在我脑中鸣响，让我的双耳陷于疯狂，影响我的一切感官，使我眼前发黑，口舌发苦，生不如死。

“看到你这么着急，我真的很抱歉。我真的……”

这是我那时候唯一听到的仁慈话语。是一个医生[2]说的，合情合理。

理论上讲，医生就应该是仁慈的。不过那一位在现实中也很仁慈。他的这番话不是从专业角度出发的，我当时并没有生病。但其他船员病了，这是他造访这艘船的原因。

---

1 在英文世界里，这句谚语被认为是本杰明·富兰克林（Benjamin Franklin，1706—1790）提出的。但在中国，唐代王贞白（875—958）的《白鹿洞二首》中已有“一寸光阴一寸金”之句。

2 医生的原型是威廉·威利斯（William Willis，1837—1894），他当时是英国驻暹罗公使馆的医生。奥塔哥号在曼谷时，他治疗了生病的船员。

他是我们公使馆[1]的医生，自然也是领事馆的医生。他照看我们船员的健康，整体状况不容乐观，实际上船员们正在崩溃边缘颤抖着。是的，他们饱受折磨。因此时间就不单单是金钱，更是生命了。

我从未见过如此安稳的船员团队。正如医生当初给的评价："看上去，你的船员们都很值得尊敬啊。"因为他们不但从来没喝醉过，甚至连岸都不想上。我小心翼翼地让他们尽可能少暴露在太阳下，只让他们在天棚下做点轻活儿。这位仁慈的医生夸赞我说：

"亲爱的船长，你的安排在我看来非常明智。"

他这一断言对我的安慰是难以言表的。医生丰满圆润的脸有一圈淡色的腮须围绕着，这是高贵仪表的完美体现。他是世界上唯一一个对我有点兴趣的人。每次造访，他通常会在船舱里坐上半个小时左右。

---

1 公使馆，等级次于大使馆的外交代表机构，其馆长称特命全权公使。第二次世界大战后，各国之间的外交代表级别普遍由公使提升为大使，公使馆也对应升级为大使馆。

某天我对他说：

“我想，现在唯一可以做的，就是麻烦你照顾他们，直到我可以把船开出海为止，是吧？”

他低下了头，闭上了宽大镜片后的双眼，低语道：

“大海……毋庸置疑。”

船员里第一个病倒的是乘务主管[1]，我上船后第一个和我说话的人。他被送去了岸上（有些霍乱症状），一周之后就死在那儿了。正当我还在震惊于气候对我们的致命第一击时，伯恩斯先生倒下了，他没跟任何人说，就发着高烧躺到床上去了。

我相信，他这个病一部分是自己的焦躁所致；气候则借助一只隐身怪物的迅猛手段做了助攻，这怪物埋伏在空气里、水中，以及河岸的泥土里。伯恩斯先生注定会受害。

我发现他仰卧着，阴郁地瞪着眼，像小火炉般散发出热量来。他几乎不回答我的提问，只是嘟

---

1 奥塔哥号的厨子和乘务主管约翰·卡尔森（John Carlson, 1859—1888）于1888年1月16日（作者履新一周前）死于霍乱，其职位由年仅19岁的帕特·康罗伊（Pat Conroy）接替。

嚷说，难道因为头痛得厉害休息一下午都不可以吗——就一次都不行？

那天傍晚吃了晚饭后，我坐在会客室里，可以听到他不停地在房间里喃喃自语。兰塞姆正在清理桌子，对我说道：

“长官，恐怕我没法全身心照顾大副。我得去船头厨房里忙活好一阵呢。”

兰塞姆是厨子。第一天我们在甲板上时，大副就指给我看过，他当时双手交叉在宽阔的胸前，凝望着大河。

他那比例匀称的身材，有一种完完全全的水手姿态，就算隔着一段距离也很显眼。近距离观察，他那对透着智慧的平静眼睛，气质高贵的脸庞，以及行为举止里那股既不逾矩又有决断的感觉令他的气质非常吸引人。当伯恩斯先生补充说他是船上最优秀的海员时，我表示惊奇，他这么年纪轻轻、仪表不凡却愿意签约来做厨子。

“是他心脏的问题，”伯恩斯先生说道，“有点不对劲。他没法太拼命，不然可能猝死。”

他是这气候唯一没有染指的人，也许是因为他的胸腔里有一个死敌，使得他已经掌握了一套系统性的方法来控制自己的感受和行为。一旦知道了这个秘密后，就可以显而易见地从他的举止中看出这一点。可怜的乘务主管死后，由于在这个东方港口找不到白人男性接替他的职位，兰塞姆自告奋勇担起了两份责任。

“我可以胜任的，长官，只要我四处劳动时心平气和就可以了。”他向我保证道。

但显然，不能奢望他还能额外承担照顾病患的工作。而且，医生已经断然要求把伯恩斯先生送上岸了。

大副的两边各有一个海员掖着他的手臂，帮他极为愠怒地翻过了舷梯。我们在一辆马拉车[1]上为他放好了枕头，他努力地断断续续说道：

“现在……你得到……你想要的了……把我赶出了……船去。”

“伯恩斯先生，你真是误会了。”我平静地说道，适时地冲他微笑着；双轮马车载着他去了类似

1 原文是 gharry，源自印度，一种供租用的马车。

疗养院的地方，那是医生在自己住处的空地上用砖头搭建的一座亭阁。

我定期去探访伯恩斯先生。一开始的几天他谁都不认得，后来他觉得我去看他，不是对敌人幸灾乐祸，就是想趁人受委屈的时候收买人心。按照他那古怪的病榻情绪来推断，不是一就是二。不管是哪一种，即便在他虚弱到无法说话的时候，他都有办法让我感受到这一想法。而我则依旧用不变的善意对待他。

后来有一天，突然之间，一股彻头彻尾的惊慌情绪冲破了这些疯狂的猜忌。

如果我把他留在这个要命的地方，他会死的。他感觉到了，确信不疑。但我不会忍心把他丢在岸上的，他在悉尼还有妻儿。

他从盖在身上的床单下抽出两条因病消瘦的小臂来，然后紧紧握住了瘦骨嶙峋的双手。他会死的！他会死在这里的……

他确实努力坐起来过，但就那么一小会儿。在他倒下去的时候，我真的觉得他当场就会死去。我叫孟加拉药剂师过来，自己则匆匆离去了。

第二天，他又重提了自己的请求，我被彻底惹恼了。我回了个模棱两可的答案，把可怕的绝望图景留给了他。第三天，我很不情愿地进去了，他立马用一种更强的嗓音，举出一堆论据来攻击我，这让人非常震惊。他用一种疯劲阐述着自己的情况，最后他问我，想因为一个人的死而良心有愧吗？他想要我答应他，不会抛下他就启航而去。

我说，我真的得先咨询一下医生。一听到这话他就吼了起来，医生！不行！这会是场死刑！

他这一使劲，把自己弄得疲惫不堪。他闭上了眼，但还在低声絮语着。我从一开始就讨厌他。前船长也讨厌他，还希望他去死，希望所有手下都死掉……

“你和那个邪恶的死尸联合是想干什么，长官？他也会抓住你的。”他说完了，茫然地眨着呆滞无神的双眼。

“伯恩斯先生，”我吼道，心里非常不安，“你到底在说什么？”

他似乎恢复了神志，但太过虚弱没法坐起来。

“我不知道，”他痛苦地说，“但是长官，别去问那个医生。你和我都是水手。不要去问他，长官。也许，某一天你也会有老婆和孩子的。”

接着他又请求我答应他，不要把他丢下。不过我意志坚定，绝不给他这个承诺。后来我这严厉的态度显得有点罪过，不过我已经下定决心了。这个被打倒的人，被恐惧之情摧毁，几乎连呼吸的力气都不够了，却显得让人难以抵挡。而且，他凑巧用对了字眼，他和我都是水手。这确实说对了，因为我没有其他家人了。至于（某一天会有的）老婆和孩子，这个说法听起来毫无力道，只显得怪异而已。

我想不到还有什么说辞会比这种更有力、更吸引人了：用这艘船，以及这些被愚蠢的商业条款——犹如某些有毒的捕兽陷阱——诱骗到这条河里的人作为说辞。

无论如何，我快要打通一条出路了。出去，到海里去。大海是纯洁的、安全的，也是友善的。再等上三天吧。

我回船的路上，这个想法挥之不去，它支撑着我。会客室里，迎接我的是医生的那把嗓音，他那庞大的身躯随之出现。他从右舷备用舱里冒了出来，船上的医药柜就安全地存放在床铺那里。

他发现我不在船上，于是就去那儿检查药品以及绷带之类的补给状况了。一切都完妥有序。

我感谢了他；我正想着麻烦他做这件事呢，如他所知，我们几天之后就要出海了，各种各样的麻烦事终于要结束了。

他严肃地听我说着，没有回应。但当我敞开心扉和他说起伯恩斯先生时，他在我旁边坐了下来，善意地把手放在我膝盖上，恳请我好好想想自己将要面对的境况。

他刚刚恢复到可以被挪动，仅此而已。如果又发烧，他会受不了的。我面对的是大概六十天左右的航程，开头要做细致的航程规划，临近尾声时大概率会遇到一连串的坏天气。我承担得起一人运行的风险吗？没有大副帮忙，而二副还只是个少年……

他还能加一句：这是我第一次做船长。他大概想到过这个事实，但控制住了没说出来。我心里跟明镜似的。

他诚恳地建议我，发电报给新加坡，让他们派个大副过来，即便这会把航期延误一周。

“不必了。”我说。这个提议让我一阵哆嗦。所有手下看着都挺健康的，是时候让他们出发了。一旦出了海，无论面对什么，我都不会害怕的。大海此刻成了我一切麻烦事的唯一救赎。

医生的眼镜对着我，像两盏探寻我决心真诚度的探照灯似的。他张开双唇，似乎要继续争辩，但又合上了嘴什么都没说。我看到一幅生动的幻象：可怜的伯恩斯先生筋疲力尽，孤立无助，又极度痛苦，这比我一小时前刚看到过的现实情景还要打动我。这情形把他性格上的缺陷都抹消了，对此我无法抗拒。

“听我说，”我说道，“除非你正式告知我不能移动他，不然我明天会安排人把他送上船。就算我要在沙洲外面把船停几天才能让她准备好出海，我后天早上也得把船开出河去了。”

“哦！我可以安排，”医生立马说道，“我刚才说那话是以朋友身份，是出于好心才那么说的。”

他庄重朴实地站了起来，跟我热情地握了握

手，感觉还挺严肃的。但他言出必行。当伯恩斯先生躺在担架上出现在舷梯旁时，医生本人就走在旁边。计划有所改变，因此这一运送工作留到了最后一刻，也就是我们出发的那天清晨。

日出之后不到一个小时，医生已回到岸上冲我挥舞着粗大的手臂，接着他朝跟着自己来到河边的空马车走去。伯恩斯先生被抬过艉主甲板，看上去一点生气都没有。兰塞姆去下层舱房里把他安顿好。我得留在甲板上照看船只，因为拖船已经扣住我们的船缆了。

我们的海岸系船柱[1]落入水中的声响让我内心的感受焕然一新，就像从噩梦中醒来时那种不完全彻底的解脱感。但当船头朝河流下游驶去，驶离这个东方风情的肮脏城市时，梦寐以求的时刻到来，我并没有得到预想中的喜悦感。毫无疑问，我感受到了一种紧张情绪的放松，但它自我转化成了不体面的争斗后的那种疲惫感。

正午时分左右，我们停泊在了沙洲以外一英里

1 系船柱是安装在码头上部结构的用于船舶系缆的设施。

的地方。下午，所有人都在忙碌。我一直待在船尾，从那儿注视着大家工作，我察觉到在那条河流蒸腾的热浪里待了六周[1]后，大家都有些无精打采。第一阵清风就会把这些给刮走的，但此刻彻底风平浪静。温和地讲，我判断二副——一个长相就没什么前途的雏儿——可不是做指挥官左膀右臂的良材。不过我很高兴在主甲板上瞥到了几个海员脸上的微笑，我都没有时间去好好看看。在抛下了岸上事物带来的尘世烦恼后，我觉得自己与他们很亲近，但又有一点点奇怪，就像迷途日久的流浪者回到了自己的亲族中。

兰塞姆一直轻快地在厨房和舱房间跑前跑后。看着他就是一种乐趣，他显得很优雅。所有船员里唯独他没有在港口生过一天病。不过，自从知道他胸腔里有颗不省事的心脏后，我能看出，在他天然的水手风格的敏捷动作里有一丝克制，就好像他身体里装有一件非常脆弱或者易爆的东西，他时刻都要注意着。

1 奥塔哥号在抵达曼谷6周后，于1888年2月9日在作者的指挥下离开。

我问过他一两次话。他用一种令人舒服的平静嗓音回答我，脸上带着一种淡淡的、若有所思的微笑。伯恩斯先生看着是在休息中，看上去还挺舒服的。

日落之后，我又走到了甲板上，却只感受到一种寂静的空虚感。海岸线上那薄薄一层、毫无特点的地表几乎无法辨识。黑暗从船舶的四周升起，就像是从无言又寂寥的水体中散发出来的神秘物质。我靠在围栏上，侧耳倾听黑夜之影。无声无息。我指挥的船可能是无边无际的无声太空中的一颗在指定路径上转动的行星。我抓着围栏，好像彻底失去了平衡感似的。真荒谬。我紧张地松开了手。

“准备就绪！”

“收到，长官。”这迅疾的回复打破了诅咒。值锚更[1]的船员迅捷地跑上艉舷梯。我让他看到一点起风的征兆就立即汇报。

去下层时，我顺便拜访了伯恩斯先生。实际上，我没法不看到他，因为他的舱门打开着。他病

1 当船在锚地锚泊时，需要有专人值班检测锚位以及周围环境。

得一塌糊涂，在这间白色的舱房里，他躺在白色的床单下；瘦削的头颅陷在白色枕头里，因此他的红色八字胡格外吸引人的眼球，看着像是人造的——像是商店里买的一对八字胡，陈列在舱壁灯的刺目光芒下，连个影子都没有。

当我心生疑窦地盯着他看时，他睁开眼证明自己还活着，甚至还朝我这边看了看。只是微微动了一下而已。

“一片死寂，伯恩斯先生。”我无奈地说道。

伯恩斯先生用一种出乎意料的清晰嗓音语无伦次地说起了话。语调非常奇怪，不像是因为疾病所致，更像是换了个人似的。听上去不像人间所有。至于他说的，我大概听懂了，他说这是“老头”——前船长——的错，他在海底心怀恶意地伏击我们。真是个怪诞的故事。

我一直听他说完为止，然后走进了他的舱房，用手摸了摸大副的额头。没有发烧。他因为过度虚弱，所以头昏眼花。突然之间，他似乎意识到了我的到来，他用自己的声音——当然，非常微弱——遗憾地问道：

“完全没有机会把船开出去吗，长官？”

“离开锚泊地出去漂流有什么意思？”我回答道。

他叹了口气，我走了，留他在那儿一动不动地躺着。他命悬一线，正如他离疯癫也就一步之遥而已了。我被需要独自承受的重担压得喘不过气来。我进了自己的舱房，企图通过几小时的睡眠来获得解脱，但正当我快闭眼的时候，甲板上的船员跑下来汇报说有一丝微风。足够把船开出去了，他说道。

聊胜于无。我下令派人去启动锚机[1]，将船帆打开，设置好中桅帆[2]。但等我把船启动时，连风的影子都没了。我调整帆桁[3]，孤注一掷，不想放弃这次尝试。

---

1 船上用于收放锚及锚链的机械。

2 中桅帆（top sail）位于桅杆中部的帆组，不同于上桅帆（Topgallant sail）。

3 帆船上用以支撑帆的木杆。

下　篇

四

她的船锚已收在船头，帆布如衣装一般打开。我的这个指挥对象，却像放置在抛光大理石板光影里的模型船一样，杵在那里一动不动。在天地间无穷力量营造的令人费解的静谧之中，人根本分不清水和陆地。突如其来的不耐烦感抓住了我。

“操舵一点用都没有吗？”我性急地冲着操舵员问道，他强壮的双手抓着舵轮轮辐的身影，在黑暗中显现出来；好似象征着人类对自己命运方向的把控。

他回答了我：

“是的，长官。她在缓慢调动中。”

“让她船头转为朝南。”

“是，是，遵命。”

我在船尾踱步。除了我的脚步声，别无其他声响，直到那船员又说道：

“她朝南了，长官。”

当我在这露水浓重、繁星闪烁的寂静之夜，给出自己船长首秀的首个航向指示前，我的胸口有一丝发紧。这个举动有一锤定音的意味，我需要殚精竭虑地专注于自己的孤独使命了。

“稳舵朝准，”我终于说道，“航向是往南。”

“往南，遵命。”那船员复述道。

我让二副和他的值更海员回到下层舱去。在黎明前寒冷又容易犯困的几个小时里，我在甲板上走来走去，继续掌控着全局。

微风来了又去，每当风大到可以搅动黑漆漆的水体时，水的动静和风一道直冲入我内心，带给我一阵逐渐增强的微妙愉悦感，但它又会迅速消退。我疲惫不堪。星辰因为等待破晓也显得很疲惫。天顶闪现出一道贝母般的光泽，黎明终于来了。我在热带地区从来没有见过这样的光泽，它不怎么光亮，甚至有点发灰；它用奇怪的方式提醒我现在位处高纬度地区[1]。

船头传来值班海员的呼喊声：

“报告长官，船首左舷侧是陆地。”

---

1 相对赤道地区而言。

“好的。”

我靠在围栏上，连眼皮子都没抬一下。几乎察觉不到船在移动。这时，兰塞姆给我端来了早晨的咖啡。喝完咖啡后，我望着前方。在那极明亮的、静止的浅橙色光束之间，我看到了平坦的陆地：就像是用黑纸剪出来的，轻似软木塞一般漂浮在水上。正在升起的太阳在陆地上蒸腾起水汽，变成了一片在炎热的耀眼亮光下颤抖的、虚实不明的巨大阴影。

值更船员清洗完了甲板。我走到下层舱，在伯恩斯先生门口（他无法忍受关闭的舱门）停了下来，不过在他动了下眼睛前，我都有点犹豫要不要和他说话。我给他更新了情况。

“天亮时看到里恩海角[1]了，大概十五英里距离。”

他动了动嘴唇，但我什么声音都没听到，直到我把耳朵贴近才听到他的牢骚：“简直是缓慢爬

1 里恩海角（Cape Liant）位于北纬12度6分，东经100度97分，其分割了暹罗湾及曼谷湾。Liant的发音与泰语“海角”发音近似，怀疑Liant为泰语海角的音译。海角附近有沙迈珊岛。

行……运气不行。”

“无论如何也比停着不动运气好啊。”我无奈地说道，随后就走了，留他自己在难受的、不可动弹的状态中继续胡思乱想。

那天早上稍晚的时候，在二副替了我的班后，我躺倒在床上，好好睡了三个小时左右。睡眠非常完美，我醒来时都不知道自己身处何方。随后我如释重负般地想起来：我在自己船上啊！在海上！海上！

透过舷窗，我看到的是平静不动、被烈日暴晒着的海平面。这是无风日子里的海平面。不过这一望无垠的海平面足以给我一种有幸逃脱的感觉，这是短暂的获得自由后的狂喜。

我走出舱房来到会客室，心情比前几天轻松不少。兰塞姆正在餐具柜旁，为团队的第一次海上正餐布置桌子。他转过头来，眼中透露的神情冲散了我那一丝沾沾自喜。

我本能地问道：“什么情况？”完全没预想到我会得到那样的答案。他回答的时候带着一种克制的平静，这是他的性格特点。

"长官，恐怕我们没有摆脱掉疾病。"

"没摆脱？发生什么了？"

他接着告诉我，前一天晚上有两名海员发烧病倒了。其中一个烧得滚烫，另一个全身颤抖，他觉得应该是同一种病。我也这么觉得，这新闻让我非常震惊。"你说一个烧得滚烫，一个全身颤抖？确实，我们没有摆脱掉疾病。他们看上去病得很重吗？"

"中等程度吧，长官。"兰塞姆的双眼稳稳地对视着我的。我们互相微笑了下。兰塞姆的微笑如往常一样若有所思，而我的肯定很冷酷，因为我内心非常恼火。

我问道：

"今天早上有风吗？"

"基本没有，长官。不过我们一直都在移动。前方陆地看着稍微近了些。"

仅此而已，稍微近了些。然而，只要多刮一点点风，一丁点就够了，我们此刻就可能——就应该——在里恩海角旁了，就可以进一步远离那片受污染的海岸了。而且不单是距离的问题，在我看来，力度更大的风可以把附着在船上的污染物都刮走。显然污染物还附着在船上。两个海员，一个烧得滚烫，一个全身颤抖。我内心明确地不想去看望他们。有什么意义呢？我又解不了毒，也治不了热带性的热病。但病魔的魔爪竟可获准跨过海洋伸向我们，这真是太罕见也太不公平了。我相信，这只不过是在我们逃离恶魔、朝海洋的干净微风奔去时，它最后的绝望一击。如果这微风可以再强一点点就好了。不过我们有奎宁[1]可治疗发烧。我走进放有医药柜的备用舱，去准备两人剂量的奎宁。我充满信念地打开了医药柜，就如打开神奇的神龛一般。柜子的上半部分放有一系列的瓶子，都是方肩瓶，而且看上去完全一样。在这一排摆放有序的瓶子下面有上下两层抽屉，里面塞得非常满，有纸包、绷带，以及贴着正式标签的硬纸盒子。下层抽屉的其中一个分隔区里放着我们预备的奎宁。

一共有五瓶，都是一样大小的圆肩瓶。其中一瓶大概三分之一满，另外四瓶还用纸裹着，贴着封

1　奎宁（法语：quinine），又称金鸡纳霜，化学上称为金鸡纳碱，是一种用于治疗与预防疟疾且可治疗焦虫症的药物。

条。我没有预料到瓶子上面还放着个信封。方形的，实际上是船上的文具室里的。

它摆放的角度正好让我看到它没封口，我拿起信封，转了过来，发现是写给我的。里面有半张信纸，我打开的时候感觉很怪异，像是在对付什么可怕的东西似的。不过，我没有那种人们在梦里遇到怪事或做怪事时会有的兴奋感。

“亲爱的船长，”信是这么开始的，不过我立马去看最后的签名了。原来是医生写的，是在我看望完伯恩斯先生回船，发现令人敬重的医生正在舱房里等我的那天写的。他那天跟我说已经为我检查过医药柜了。多么奇怪啊！我随时都可能进来，他却自娱自乐在那里给我写信，我一进门他就急匆匆把信塞进了医药柜的抽屉里了。这事真难以置信。我心存疑惑地开始读信。

这位充满同情心的好心人用一种粗大的、匆匆写就却清晰可辨的字体告诫我说，不要太过相信从陆地驶向大海会带来的好处。他这么做是有原因的，可能是因为心地善良，但更可能是被无法抗拒的直抒胸臆的欲望驱使，而他又不想在出发前给我泼冷水。“我不想给你的希望泼冷水，从而增添你的担忧，”他写道，“从医学角度而言，你的麻烦事恐怕还没完。”简而言之，他预料到我得和可能反扑的热带病做斗争。还好我有足够的奎宁。我大可以把信仰寄托在奎宁上，只要妥善安排，船员自然会恢复健康。

我把信揉成一团，随意塞进了口袋里。兰塞姆拿着两大剂奎宁给那两人送去。我自己没有去甲板上，而是走去了伯恩斯先生的房间，也跟他说了这件事。

说不清楚这件事对他有什么影响。一开始我以为他无话可说。他的头陷在枕头里，用力挪动着自己的嘴唇，想让我觉得他在好起来；不过看脸色就知道事实并非如此了。

当天下午自然是我值更了。一种无垠的炙热静谧感笼罩着船只，让船在两片蓝色阴影间的炎热环境中一动不动。船帆上一阵阵若有若无又热烘烘的微风无力地盘旋着。但是她是在移动的，她肯定在移动。因为太阳西沉时，我们已路过里恩海角，将它甩在了后面：这片夕阳余晖中逐渐退去的不祥暗影。

傍晚时分，在简陋刺眼的舱房灯光下，伯恩斯先生看着好像有点浮出床面了，就如一只按压着他的手挪开了似的。我和他简单对话时，他可以用相对完整的长句子回答了。他用力地证明自己在好起来。他说，如果自己在这浑浊热浪里不窒息而死的话，他有信心过几天就可以上甲板去帮我了。

他说话的时候，我颤抖了下，担心他太过用力，会在我面前死去。不过我得承认他的意愿让我感到欣慰。我做了个合适的答复，不过向他指出，真正可以帮到我们的只有一样东西，那就是风，一阵足够强的风。

他不耐烦地在枕头上摇头晃脑，又开始疯癫地喃喃自语起前船长来。他说这个老头被葬在北纬 8 度 20 分，就在我们的航线上，他会在海湾入口处伏击我们。我听到这个，又一点都不觉得欣慰了。

“你还在想着你的前船长吗，伯恩斯先生？”我说道，“我想，死者是不会怨恨活着的人的。他们根本不关心活人。”

“你不了解这一位。”他虚弱地挤出这句话来。

“是的，我不了解他，他也不认识我。所以他无论如何对我是不会有怨恨的。”

“是，但我们其他人也在船上啊。”他强调道。

我感觉，他这些可怕的疯狂妄想，正在暗中威胁着坚不可摧的常识之力。我说道：

“你不能说这么多话，你会累着自己的。”

“而且还有这艘船啊。”他固执地低声说道。

“好了，一个字都不许再说了。”我说着走进了舱房，用手贴着他凉爽的额头。这证明那些暴虐的荒谬想法来自他本人，而不是疾病带来的。显然除了这一个固有的想法之外，疾病已吸干他的一切力量，无论是精神上还是生理上的。

之后几天，我避免和伯恩斯先生对话。路过他门口时，我只匆匆说些鼓励的话就走了。我相信，如果还有力气的话，他不止一次想叫住我，但他没有这力气。不过兰塞姆有天下午和我说，大副“看上去恢复得很不错”。

“最近他跟你胡说八道过吗？”我随意问道。

“没有，长官。”我这么直白地提问让兰塞姆吃了一惊；不过，停顿了一下后，他平静地补充道：“长官，今天早上他和我说，很抱歉把前船长葬在了我们船的航线上，可以说是就在海湾口上。”

“这还不够胡说八道吗？”我问道，自信地看着他那张充满智慧的平静脸庞。他胸腔里那个不安的秘密，在他脸上盖了一层无形的谨慎小心的面纱。

兰塞姆说不知道，他都没考虑过这件事。他微微一笑，快活地去忙他那些永远做不完的工作了，他的举动一如既往地谨慎小心。

又过了两天，我们往前行进了一点点，就一点点，来到了暹罗湾中更为广阔的海域里。在贾尔斯船长的帮助下，我的第一份指挥官职务从天而降；我急切地抓住了这份喜悦，但我一直有种不安感：这样的好运气或许会以某种形式还回去。我曾从专业角度审视过这个机遇。我足以胜任，至少我自己是这么觉得的。我知道自己胸有成竹，只有追逐自己热爱事业的人才会有这种感觉。这种感觉在我看来是世界上最自然不过的，如同呼吸一般自然。我想，没有这种感觉，我会活不下去的。

我不知道自己的期待是什么。也许就是这种特别的生命强度，它是青春抱负的精华所在。无论我期待的是什么，我都没有预料到会被飓风包围。我清楚得很，暹罗湾里不会有飓风的。当然我也没预料到会被缚手缚脚地困在这里，让人感到绝望。随着时间的流逝，这一点越发明确。

并不是说，真的有邪恶的诅咒害得我们一动不动。神秘的洋流用一种鬼鬼祟祟的力量把我们带到这儿又带到那儿，我们通过海湾东岸边沿的岛屿远景的变化才发现这件事。也有风吹过，不规则而且具有欺骗性。它们让我们升起希望，又带我们落入苦涩的失望中，前进的希望在消失不见的陆地中终结，在叹息声中结束，在哑口无言的静谧中死去。洋流在静谧中用它们充满敌意的方式肆意妄为。

阁令岛[1]上巨大的黑色山脊在众多细小岛屿中显得高耸突出，它躺卧在镜面般的水上，鹤立鸡

---

1 原文为 the island of Koh-ring，有研究者认为这个岛的原型可能是北纬 12 度 8 分，东经 100 度 7 分的林岛（Koh Rin）。阁，即 koh，是泰语“岛”的音译，但依照作者写法仍译为阁令岛。

群[1]，看着像是这致命海域的中心点。似乎没有逃离它的可能，过了好几天，仍能望见。不止一次，一阵合适的风吹来，在迅速落下的夕阳中，我想抓住机会把船开出去，心想这是最后一次尝试了。徒劳无功。乱吹的微风经过一晚上就能抹去短暂好天气下取得的进展，渐渐升起的太阳会重新吐露出黑漆漆的阁令岛，看着越发荒凉，越发不宜居，也越发残忍了。

“我敢说，就跟被下了诅咒一样。”有一次我站在门口的老位置对伯恩斯先生说道。

他正坐在床上。他朝着活人的世界前进着，不过还不能说重回人间了。他点了点瘦骨嶙峋的脆弱脑袋，表示了赞同，睿智又带着神秘气息。

“哦，是的，我知道你什么意思，”我说道，“但你不能期盼我去相信，这个死人有能力让气象学在这个地区失灵。虽然看上去确实很不正常。陆风和海风都碎成了一阵阵的。我们连五分钟的航行

1　原文为 like a triton amongst minnows，其中的 triton 为特里同，希腊神话中海之信使，海王波塞冬及海后安菲特里忒之子，人身鱼尾；minnow 是众多鲤科小鱼的统称。

都做不到。”

“不用多久，我就能上甲板了，”伯恩斯先生咕哝道，“我们到时候看看。”

我不知道他这话的意思是不是要跟超自然恶灵一比高下。不说别的，这可不是我需要的帮助。另一方面，我实际上已经日夜都住在甲板上了，我要抓住每一个机会，尽量把船往南开一点。能看出来，大副还非常虚弱，也还没摆脱他的妄想——这在我看来就是他的病症之一。无论如何都不应该打击病人的希望，于是我说道：

“我肯定欢迎你上甲板来啊，伯恩斯先生。如果你按照现在的速度恢复，很快就会是船上最健康的人了。”

这话让他很受用，不过由于他还异常憔悴，自足的微笑变成了红色八字胡下的龇牙咧嘴。

“伙计们没有恢复吗，长官？”他严肃地问道，脸上带着一种非常理智的焦虑表情。

我含糊其辞地做了个手势就走了。实际上，疾病像风一样任意玩弄着我们。它或轻或重地从一个人跳到另一个人身上，所到之处都留下了印记；它有时候让人步履蹒跚，有时候让人卧床不起；饶了这个人，又回到了另一个人身上，因此现在所有人都是一副病恹恹的样子，他们的眼睛里流露出害怕不安的神情。而兰塞姆和我是仅有的两个完全没有染病的人，我们在他们中间勤勉地派发奎宁。这是场双线战役：不利的天气挡在前面，疾病又在后方追赶。我得说船员们都很不错。他们积极面对不停调整风帆的辛苦劳动。但他们的四肢完全无力，我从船尾望着他们的时候，感觉他们像是在毒气中挪动，这种印象挥之不去。

伯恩斯先生在自己的下层舱房里恢复得很快，他不但能坐起来了，还能抬起双腿了。他用骨瘦如柴的双臂抱住双腿，活脱脱就是一具会动的骷髅，他常发出深深的、焦躁的叹息声。

“长官，重要的事情是，”他一有机会，每次都这样和我说，“重要的事情是，让船开过北纬 8 度 20 分。她一开过去，我们就安全了。”

一开始我只是冲他微笑一下，虽然老天知道我已经没有多少心情去微笑了，但最后我还是失去了耐心。

“哦，是的，北纬 8 度 20 分。就是你埋葬你老船长的地方，对吧？”接着我严厉地说道，“伯恩斯先生，你不觉得，是时候停止这些胡说八道了吗？”

他用深深凹陷下去的眼睛，带着一种不可征服的顽固神情看了我一眼。之后他只是喃喃自语着，那音量只够我听到什么“不足为奇……找到……还有更残忍的诡计来玩弄我们”……

这类交谈对我的决心而言并无益处。逆境带来的压力开始在我身上产生影响。同时，我对自己灵魂里这隐隐的弱点又很鄙视。我轻蔑地自言自语道，想对我的勇气有一丁点的打击，靠这个可不够。

我其实不知道，勇气会在多久之后，或从什么方向遭受打击。

事情就发生在次日。太阳已高升到阁令岛南山肩的上方，这个岛像个邪恶的用人一般，还跟在我们左舷船尾后面。这场景让我极度厌恶。一晚上我们尽在罗盘上打转了，跟着微风一次又一次地调整船帆，恐怕大部分风都是我的想象而已。快要日出的时候，一阵令人费解的平稳清风正中我们下怀，吹了有一小时。这风完全不合常理，它既不符合季节，也不符合书上记载的近百年的航海经验，也不符合天象。只能把它归因于有目的的鬼把戏了。这风把我们快速吹离了合理航线。如果我们是出来坐船兜风的，风吹得海水波光粼粼，船只的动感配合着少有的新鲜感，那么这真可以说是一阵令人心情愉悦的清风了。可是突然之间，这阵风仿佛不屑于继续开这种无聊玩笑，突然减弱了，不到五分钟就彻底消退。船头已经被那阵风带偏了方向，静谧下来的海面呈现出平滑钢板的光泽。

我去了下层舱，不是去休息，只是无法正视这一场景而已。不知疲倦的兰塞姆正在会客室里忙碌着。他每天早上会给我一个非正式的健康状况汇总，这已经成了定例。他离开餐具柜朝我走来，带着一如既往的令人愉悦的平静眼神。他智慧的额头舒展着。

“今天早上，他们当中好几位都是不好不坏的，长官。”他淡定地说道。

“什么？都倒下了？”

“只有两个躺在铺位上，长官。不过……”

“肯定是昨天晚上累的。我们他妈的一晚上都在折腾风帆。”

“我听说了，长官。我想过出来帮忙，但是你知道……”

“当然不可以，你不准……伙计们晚上还躺在甲板上了，这对他们不好。”

兰塞姆表示赞同。但是不可能像照顾孩子那样照顾成年人。更何况，甲板上凉快，空气又好，他们那样做无可厚非。他自己当然不会那样做。

他真是一个通情达理的人。但也不能说其他船员不是。过去几天对我们而言，就如在烈焰熊熊的炉窑里受折磨一般[1]。当夜色带来凉爽的幻觉，星光透过水汽凝重的空气闪烁着，充分利用机会去放松一下虽不谨慎，却是人之常情，这没有什么好争论的。再者说，他们中的大部分人都虚弱不堪，如果不把每个可以蹒跚行走的人都集中在一起去操作转帆条，基本什么都做不成。是的，去责备他们是没有用的。不过我确信奎宁是非常有用的。

---

1 《圣经·旧约·但以理书》中有三位以色列人（沙得拉、米煞及亚伯尼歌）被神从火窑中救出。

我相信奎宁。我把自己的信仰寄托在它身上。它可以拯救海员们，拯救这艘船，用它的药理特性打破诅咒。不考虑时间的话，天气的担忧总会过去的。它犹如一种对抗神秘邪恶力量的白色魔法药粉，它将为我首次指挥任务的首航保驾护航，助我打败停滞不前和瘟疫疾病的邪恶力量。我视它为比黄金还珍贵的东西，与黄金不同，世上无人会觉得黄金足够，但我们船上有足够的奎宁。我走进舱房去拿奎宁、称剂量，在我伸出手时，感觉像是在拿一种可靠的灵丹妙药。我拿出新的一瓶来，把包装纸撕下来时，发觉顶部和底部都没有封口……

但是为什么要记录这个惊人发现转瞬即逝的每一步呢？你应该已经猜到真相了。有包装纸，有瓶子，里面也有白色粉末，某种白色粉末！但不是奎宁。看一眼就知道不是了。我记得自己一拿起瓶子，还没撕开包装纸，手里的分量就即刻给我一种不祥的预感。奎宁轻如羽毛。我的勇气肯定因为愤怒转变成了一种奇特的感受。我任由这瓶子碎裂在地板上。不管这是什么东西，踩在鞋底下有种沙砾质感。我一把抓起另一瓶，接着又是一瓶。这重量本身已经露馅了。它们一瓶瓶地落下，碎裂在我脚边。不是我沮丧地把它们砸了，是它们从我指尖滑下，似乎我无力承受这个真相。

巨大的精神刺激通过产生一种短暂的不理智来帮助人承受住打击，这是千真万确的。我茫然若失地走出了这间特等舱房，我的头犹如遭受了重物袭击一般。会客室的另一边，在桌子那头，兰塞姆拿着掸子，吃惊地望着我。我不觉得自己看上去很癫狂。我有可能看着很着急，因为我们出于本能得快速冲上甲板了。这是后天训练变为本能反应的例子。困难也好，危险也好，一艘船在海上遇到的任何问题都必须在甲板上解决。

这个缘由，是出于自然反应的，因此我本能地做出了反应。这也许会成为我有一会儿像是失去了理智的证据。

显然我有点失去平衡，成了冲动的牺牲品，我在舷梯底部还转向伯恩斯先生的舱房门口晃了晃。他那副疯狂的样子击醒了我的精神失调。他坐在自己的床铺上，身体看上去非常长，头微微朝一侧垂着，带着一种牵强的自得神情。他的上臂不比结实的拐杖粗到哪儿去，上臂连着的那只手颤颤巍巍，却挥舞着一把亮闪闪的剪刀，企图在我眼皮子底下用它去戳自己的喉咙。

我有些被吓到了；不过这是第二时间的反应，没有强烈到让我以“停下！……”“上帝啊！……”“你在干吗？……”之类的方式朝他大喊大叫。

实际上，他只是高估了自己恢复中的体力，企图颤颤巍巍地去修剪他那早已长得非常厚实的红色八字胡。他的大腿上放着一大块毛巾，剪刀每剪一下，就有一撮硬毛落到毛巾上，就跟一截截铜线似的。

他朝我转过脸来，他的脸比癫狂梦境里的狂想场景还要怪异，一面脸颊全是胡子，看着像是一团火焰；另一面露出了部分皮肤的脸颊凹陷着，还没有被剪到的长须昭示着自己的存在，孤独却充满力量。他被我吓了一跳，双眼盯着我，手上还拿着没合上的剪刀，我用恶魔般的语气冲他吼出了我的发现，只用了六个词，没有发表任何评论。

五

我听到剪刀从他手上落到地板上的咣当声，注意到他整个人都有跟着剪刀掉下床的危险。我紧接着继续去完成一开始的目的——去甲板上。举目望去都是海水的波光，在空荡荡的天际线下，显得美妙却空洞，单调且没有希望。船帆松弛地垂着，一动不动，下垂的帆布形成的褶皱跟花岗岩刻痕一样静止着。我急匆匆地出现，让掌舵的船员有点吃惊。桅顶上的滑车在不知所谓地吱吱响着，它到底为什么要发出这声音？这声音就和鸟儿的哨音一样。在很长一段时间里，我面对的世界空无一物，它沉浸在无边无际的寂静中，阳光却因为某些神秘的目的洒了下来，并在其中流淌着。然后，我听到兰塞姆的声音从我身边传来。

“长官，我已经把伯恩斯先生搬回床上了。”

“这样啊。”

“嗯，长官，他突然想下床，但手没抓住床铺边沿，就掉下来了。不过我看到他是神志清醒的。”

“是的。”我无精打采地回道，都没有看兰塞姆。他等了片刻，然后小心翼翼，生怕惹我生气地说道：“我觉得我们不会浪费太多那东西的，长官，”他接着说，“我可以把它扫起来，差不多全部都能收起来，然后我们从里面挑走玻璃碴。我立马就去办。这不会耽误早饭的，十分钟都不用。”

“哦，是的，”我苦涩地说道，“早饭可以等等，把那东西全扫起来，然后都他妈扔出船去！”

深深的寂静又降临了，等我转过头去看时，兰塞姆，智慧又平静的兰塞姆，已经不见了。大海深深的寂寥感如毒药般在我大脑里发挥着作用。当我转头看着这艘船的时候，眼前呈现出了恐怖的画面：她变成了一座漂浮在海上的坟墓。谁会没听说过那些故事？毫无目的地漂浮在海上的船只，船员们全部死亡。我看着那个掌舵的船员，突然想和他说话，似乎他猜到了我的意图，脸上出现了期待的神情。不过我最后还是回到了下层，想着先跟我那桩天大的麻烦事独处一小会儿。伯恩斯先生透过开着的舱房门，看到我下来了，暴躁地冲我问道：“好吧，长官？”

我走了进去，说道：“这可没什么好的。”

伯恩斯先生重新回到床上，他用双手遮着自己多毛的脸颊。

“那讨厌鬼把剪刀拿走了。”他接着说道。

我承受着巨大的压力，所以让伯恩斯先生发泄一下自己的不满，转移下我的注意力也许是件好事。他对这事似乎很不满，抱怨说：“他觉得我是个疯子还是怎么的？”

“我不觉得，伯恩斯先生。”我说道。那一刻我视他为泰然自若的榜样。因为这个缘故，我甚至对他产生了崇敬之情，他（撇开他剩下那些胡子的明确物质性不谈）一度差点魂魄离体，却还活着。我注意到他的鼻梁异常挺拔，他的太阳穴深深凹陷。我有点嫉妒他了。他病得这么重，说不定很快就死了。真令人羡慕！如此接近灭亡。而我还要忍受折磨人的生命活力带来的内心躁动；还要忍受疑神疑鬼、困惑不解和自我责备；还要忍受无尽的不情愿，我不愿面对目前境况的可怕事实。我忍不住喃喃自语道：“我觉得自己要发疯了。”

伯恩斯先生幽灵般地瞪着眼，除此之外他看着非常镇定。

“我一直都觉得他会对我们下死手。”他说道，特别强调了“他”字。

这话在精神上给我一击，不过我没心情、没心思也没精神和他争论。我的病症是漠不关心。无望前景带来逐渐增强的麻木感。因此我只是看着他，伯恩斯先生继续说下去了。

“呃！什么！不！你竟然不相信？好吧，那你怎么解释这件事？你觉得这事为什么会发生？”

“发生？”我迟钝地重复道，“怎么，那行，你说说这邪恶力量是怎么让这事发生的？”

确实，仔细思考后，很难理解事情为什么会是这样的：那些瓶子先被清空，重新填满，重新包上，然后偷梁换柱。这是一个阴谋，企图瞒天过海的阴险尝试，近乎是个狡猾的复仇计划，但是为了什么呢？抑或是个残忍的玩笑？不过伯恩斯先生有个理论。这理论很简单，他用一种空洞的嗓音庄严说道：

“我猜在海防的时候，那一小批奎宁，他卖了大概十五英镑左右。”

“伯恩斯先生！”我吼道。

他的脑袋在屈起的双腿上方怪异地点了点，他的腿像是两条穿着睡衣的扫帚，末端则是两只巨大的赤脚。

“为什么不这样做？这东西在这一带非常贵，他们在东京[1]很缺这玩意儿。他有什么所谓？你不了解他。我了解，我还对抗过他。他不怕上帝，也不怕恶魔，不怕人，不怕风，不怕大海，也不怕自己的良心。我相信他痛恨所有人和事。不过我觉得他怕死。我想我是唯一一个反抗过他的人。在你现在住的舱房里，在他生病的时候，我直面他，恐吓他。他以为我会拧断他的脖子。如果他得逞了，只要他还活着，我们当时就要逆着东北季风[2]而上，之后世世代代都这样。在中国海做漂泊的荷兰人[3]！哈！哈！”

“但是他为什么要这样替换掉瓶子呢？”……我

1　东京（法语：Tonkin），是中南半岛的一个历史地名，位于今日越南北部，指的是红河三角洲流域一带。

2　东北季风每年 12 月至次年 3 月从东北亚吹向东南亚。

3　漂泊的荷兰人，又译为飞翔的荷兰人（荷兰语：De Vliegende Hollander；英语：The Flying Dutchman），是传说中一艘永远无法返乡的幽灵船，注定在海上漂泊航行。

问道。

“为什么不换？为什么要把瓶子扔掉？放在抽屉里多合适。它们本来就是医药柜里的啊。”

“瓶子还包裹起来了啊。”我吼道。

“好吧，包装纸还在那儿，我猜这是出于习惯吧。至于重新放进去的东西，总是有很多东西是用纸包装运过来的，过了一段时间包装就会破掉。谁能区分开呢？我猜你没尝过吧，长官？不过当然啦，你肯定那不是……”

“没有，”我说，“我没有尝。都扔进海里了。”

我身后传来一个温和的有教养的嗓音：“我尝了下。好像是很多东西的混合物，又甜又咸，非常恶心。”

兰塞姆出了配膳室，已经听了一会儿了，他这样做也情有可原。

“肮脏的伎俩，”伯恩斯先生说道，“我一直都说他会这么做的。”

我的愤慨程度无以复加。还有那个善良的、充满同情心的医生。我唯一认识的具有同情心的人……他给我写的告诫信体现出他具有同情心的优雅品德，但这家伙怎么不好好地检查药品啊？不过，实际上责备医生是不太公平的。东西都归置得有条不紊，医药柜又属于官方安排的事务。没有什么能引起一丁点怀疑的地方。我永远不能原谅的人是我自己。什么事情都不能觉得理所当然。绵绵不断的悔恨在我胸中生根发芽。

“我觉得这都是我的错，”我喊道，“都是我的错，不关别人的事。我就是这么觉得的。我永远都不会原谅自己的。”

“长官，这是句蠢话。”伯恩斯先生语气强烈地说道。

这番折腾后，他筋疲力尽地躺回床上了，闭上了眼睛，喘着气；这件事，这个可怕的惊奇发现把他也震惊了。我转身离去时，察觉到兰塞姆茫然地看着我。他知道这件事意味着什么，但他还是露出了令人愉快的若有所思的微笑。之后他退回了配膳室，我则冲上甲板去看看是否有风，苍穹下是否有一丝鼻息，空气是否有少许搅动，是否有任何希望的迹象。迎接我的又是死一般的风平浪静。除了掌舵的人换了一个之外，什么都没有变。他看着病恹恹的，整个人萎靡不振，看上去是他挂在舵轮上，而不是舵轮在他掌控之中。我和他说道：

“你不适合待在这儿了。”

“我能应付，长官。”他虚弱地说道。

实际上，他也无事可做。船都没达到舵效航速[1]。她静静地停着，船头朝西，在船尾仍能看到永不消失的阁令岛。还可以看到其他一些小岛，一大片白光中的几个黑点，在我困惑不堪的双眼前漂浮。除了这点岛屿外，天际线上片尘不染，水面上也空无一物，连水汽的影子都没有，没有一丝烟，没有船帆，没有扁舟，没有人类的扰动，没有生命的痕迹，什么都没有！

第一个问题是，怎么办？能做点什么？要做的第一件事显然是通知船员们，我当天就做了。我可不会让这事四处散播，我会直面他们。为此我召集他们到艉主甲板上来。在出来和他们讲话前，我发现生活中可能藏有很可怕的瞬间。任何众所周知的罪犯，都没有像我这样被罪恶感重重压着。也许这

1 使舵开始实际生效所需的最低航速。

就是为什么我在宣布这件事的时候，脸色凝重，声音唐突失礼且无动于衷。我告诉他们，在药品方面，我无能为力了。其他应该提供给他们的照顾，他们清楚，我已经给予了。

他们即使把我分尸，我都觉得情有可原。我说完后随之而来的沉默比最为愤怒的骚动还要难以忍受。我被其中蕴藏的深深的责备击碎了。不过，我其实误会了。我用一种努力保持坚定的嗓音继续说道："船员们，我想，我说的话你们都明白了，知道这意味着什么。"

听到一两个声音说："是的，长官……我们明白。"

他们保持沉默只是因为觉得我没下令让他们说话；我告诉他们，我计划把船开往新加坡，对于这艘船和所有船员而言，唯一的机会就是大家齐心协力，生病的也好，健康的也好，一起把船开出这片海域。这时我受到了一些鼓舞，他们低声表示赞同，接着一个更响亮的声音喊道："肯定有办法开出这个该死的洞窟的。"

※ ※ ※

这里有一段我当时写的笔记：

我们终于驶离阁令岛了。这么多天来，我觉得自己在下层待的时间总共就两小时而已。我当然日夜都在甲板上待着，夜晚和白天交替流逝，谁能说清楚是长是短？在单调不变的期待、希望和欲望——只有一个想法：“把船往南开出去！把船往南开出去！”——之中，我们丧失了时间概念。这效果呆板得出奇，太阳爬上来又落下去，然后夜色晃了上来，就跟有人在地平线下转动曲柄似的。非常琐碎，又毫无目的！……在这悲惨的切换表演中，我一直在甲板上来回踱步。我在船尾走了多少英里！这是极度不安的固执朝圣之路，只有短暂下去拜访伯恩斯先生时才被打断。我不清楚是不是我的错觉，但他看上去一天比一天健康了。他没怎么说话，目前情况也不适合东拉西扯。我注意到，甚至其他船员也是如此，他们在甲板上走动或坐下时，我观察到他们互不交谈。这让我有点吃惊。如果有一只无形的耳朵在窃听地球的私语，它会发现这艘船是最沉默的地方……

其实伯恩斯先生也没有什么想和我说的。他就坐在床铺上，下巴上的胡子没了，但八字胡还如火焰般显眼；他苍白的脸上流露出一种默默的决心。兰塞姆和我说，他把送过去的食物吃得一点儿都不剩，但是，显然他睡得很少。即便在晚上，在我下去填充烟斗时，也注意到他虽然平躺着假寐，但看上去还是一副铆足劲的样子。从他醒着时扫视我的样子来看，似乎他很不喜欢自己努力进行的精神活动被打搅。我走上甲板时，那些排列有序的星辰映入了我的眼帘，它们没被云遮住，显得极其疲惫。星星、太阳、海洋、光亮、黑暗、空间和大江大河，它们就在那里；它们是造物主用七天创造的令人敬畏的作品，人类却不经意间闯了进来，也可能是被诱骗进来的。正如我被诱骗进这个可怕的、要人命的指挥职务一样……

※　※　※

夜晚，船上唯一的亮光来自罗盘灯，它照亮了换班舵手的脸；其他人则消失在了黑暗中，我在船尾踱步，而其他船员四散躺在甲板上。他们病得不轻，因此已经没法值更了。那些还能行走的船员一直在值班，他们躺在主甲板上的阴影里，直到我一声令下，他们就会软弱无力地起身。可以看到一小群踉跄的船员在船上四处移动，他们之间几乎不低语也不说悄悄话。每次我要提高音量下令时，内心都因同情与怜悯而感到痛苦。

大概清晨四点的时候，船头厨房里会亮起灯来。可靠的兰塞姆虽有颗不安稳的心脏，却依然健康、平静又积极，他已经在为船员们准备早晨的咖啡了。不一会儿，他就会端杯咖啡来船尾给我，之后我会允许自己躺在甲板椅上睡上几小时的觉。显然，我靠在围栏上的时候，由于极度的疲惫，肯定偷偷短寐过，但说实话，除了痛苦的抽搐式的惊醒——我连踱步时都会这样——我自己对此毫无意识。不过五点左右开始，一直到七点过后，我都会公然在消逝的群星下睡觉。

我会和舵手说“有事叫我”，之后就躺到那张椅子上，合上眼，感觉自己在这个地球上已无睡意。接着我就什么都不知道了，直到七八点之间，我感觉有人拍我肩膀，一睁眼看到的是兰塞姆的脸，脸上带着淡淡的若有所思的微笑；还有他那双友善的灰色眼睛，好像他有点被我的睡姿逗乐了似的。有时候二副会上甲板，在早晨的咖啡时间替我的班。不过这没什么意义。通常都是死寂一片，或者有些微弱的空气扰动，变幻莫测又无常，根本不值得为了它们去动转帆条。如果气流稳定了，掌舵的船员有责任发出警告：“报告长官，船只完全逆风！”如同号角声般，我一听到就立马在甲板上站立起来了。这些话语在我看来是可以把我从永恒的沉睡中唤醒的。不过这不常发生，空气凝滞的这些日子里我从未遇到过这一情形。如果凑巧二副在那儿（他通常三天里面有一天是不发烧的），我会看到他坐在天窗上，可以说是半无意识的；他的眼睛傻愣愣地盯着附近的某样物件——可能是条绳子，也可能是个系索耳[1]，或止索栓[2]，或带环螺栓[3]。

这个年轻人真是麻烦。他身体不舒服的时候非常没有规矩。他似乎彻底变成了一个低能儿。当他再次发烧躺回舱房时，会消失不见。第一次发生这事的时候，我和兰塞姆都非常担心。我们暗暗搜寻，最终兰塞姆发现他蜷缩在帆缆库里。帆缆库通过一扇滑动门和休息室连通。当被责备时，他闷闷不乐地咕哝道："里面凉快啊。"并非如此，里面只是暗而已。

他一直以来的苍白面色无法补救面相上的根本缺陷。疾病以一种惊人的方式令他的粗鄙长相更为凸显。大部分人并没有这个问题，疾病带来的损耗似乎会让人总体的面相特征理想化，它会带出一些未知的高贵气质，仿佛另一些人的力量，但在这个案例上则揭示了他本质上非常可笑的面容。他是一个矮个儿的、易怒又好动的人，鼻子和下巴长得跟

1　用钢板制成的供系栓绳索用的耳状索具配件。

2　一种实心的金属或木质装置，在传统索具帆船上用于固定运行中的索具。

3　一种栓孔里带环的螺栓。

潘趣[1]似的，同船水手都叫他“法兰奇”。我不知道为什么这么叫，可能他是个法国人，不过我从没听他说过一个法语词儿。

看到他朝船尾舵轮走去，这让人安下心来。蓝色的工装裤卷到了小腿部位，两条腿还卷得参差不齐；干净的格子衬衫，以及明显是他自己做的白色帆布帽，让他整个人显出一种奇特的时髦感。他的步伐一直很活泼，这可怜的家伙即便在步履蹒跚时都如此，显出他不可战胜的精神来。还有个人叫甘布瑞尔，他是船上唯一白发苍苍的人，面相朴实。不过我只记得，他们的脸在我眼皮子底下悲剧般消瘦下去；我已不记得他们中大部分人的名字了。

考虑到目前的情况，我们之间的谈话很少，而且显得幼稚。我强迫自己看着他们的脸，预感会碰上责备的眼神，但是没有。他们眼中，那饱受折磨的神情确实让人非常难受，但他们自己也无法控制。除此之外，我自问道，究竟是他们灵魂底子里的性情如此，还是他们的同理心使然，使得他们如

1 英国木偶戏《潘趣与朱迪》里的人物，样貌上他的鼻子几乎贴近下巴，是个凶残易怒的角色。

此杰出，如此值得我永恒的敬意[1]。

至于我自己，我的灵魂并不十分温和，又无法合理掌控自己的想象力。有些时刻，我觉得自己快要疯了，甚至已然疯癫；因此我不敢开口，生怕自己发出癫狂的尖叫，将自己暴露无遗。幸好我只需要发出指令，而指令能让发令者沉着稳定。而且，我身体里的这个船员，这个值更指挥官的心智还十分健全。我就像一个制作木盒的疯癫木匠，只要确信自己是耶路撒冷的国王[2]，他做的木盒就是健全的[3]。我担心的是自己会不自觉地尖叫起来，从而打破这种平衡。幸好没有提高音量的必要。天地间排解不散的静止状态似乎对微弱的声音都十分敏感，就如回音廊一般。说话声几乎即刻就能从船的这头传到另一头。可怕的是，我唯一听到的只有我自己

---

1 作者将这句话选为了开头的题词。

2 耶路撒冷王国（Kingdom of Jerusalem），是第一次十字军东征时于 1099 年在黎凡特（Levant）建立的基督教王国。该王国于 1291 年在阿卡城沦陷后遭到毁灭。

3 这是一个比喻说法，木匠作为普通人可能是疯子，但作为职业木匠他仍可健全工作，因此他可以做出健全的木盒。男主角本人和伯恩斯先生在不同层面都符合这个比喻。至于国王的说法，则要联系第三节开头男主角有关朝代与国王之比喻。

的声音。尤其晚上的时候，我的声音极其孤独地在一动不动的帆布之间回荡。

伯恩斯先生依旧带着那种隐秘的坚定表情躺在床上，他开始对很多事情发牢骚。我们的对谈都是短短五分钟左右，但频率还挺高。我总是走到下层去点火，虽然那时候我烟草消耗量还不是很大。我的烟斗总是灭掉，因为实际上由于思想不够集中，我没法好好吸上一口烟。同样的，在二十四小时的大部分时间里，我可能会在甲板上擦燃火柴，然后一直拿着，直到火苗烧到手指为止。我总是往下层跑，算是换换空气。这是不间断的压力中唯一的放松时刻，伯恩斯先生自然每次都可以透过他那开着的舱门，看到我走进走出。

他双膝拱起，下巴抵着膝盖，绿色的双眼往前看着，样子非常古怪。加上我知道他脑袋里有些疯狂的想法，因此对我而言他不太有吸引力。不过我还是得时不时和他说上几句。有一天他抱怨说，船上太安静了。他说自己一直这么躺在这儿，一点声音都听不到，都快不知道如何是好了。

“兰塞姆凑巧去船头的厨房时，一切都这么安静，让人以为船上的人都死光了。”他抱怨说，“长官，我唯一偶尔能听到的声音，就是你的声音了，要让我振奋起来，这可不够啊。船员们都怎么了？连个能冲着缆绳喊两嗓子[1]的人都没了吗？”

“一个都没有了，伯恩斯先生，”我说道，“船上没人有力气做这事儿。你没有注意到，有时候我要人干活，连三个人都召集不到吗？”

他有点害怕地迅速问道：

“还没有人死吧，长官？”

“没有。”

“不行，”伯恩斯先生清楚断言道，“绝对不能让他得逞。如果他抓到一个，就能抓到所有人。”

一听这话，我就愤怒地冲他吼了起来。他这些话让我心里很不舒服，为此我还骂了脏话。这些话打击了我仅存的一点镇定。在无尽的不眠之夜，我直面敌人时，已经被可怕的想象折磨得够呛。我看到一艘船漂泊在平静的海面上，在稀薄的空气中摇摆，船员们则在甲板上慢慢死去。众所周知，这种

1 指海员劳作时喊的号子。

事是发生过的。

伯恩斯先生用一种神秘的沉默回应了我的暴怒。

“听着，”我说道，“你说的话连你自己都不信。你不会信的。不可能信的。我无权要求你这么做，但就算没你那些愚蠢的妄想，我的处境也够糟糕了。”

他一动不动。光线照在他头上，让我没法确认他是微微笑了一下还是没有。我换了种语气。

“你听我说，”我说道，“情况太绝望了，我想了想，既然没法往南开，我们是不是应该试试转西，尝试赶上邮船路线。至少可以从她那儿搞些奎宁。你觉得怎么样？”

他喊叫道：“不，不，不。长官，别这样。你一刻都不能避开那个老混蛋。如果你逃避的话，他会占上风的。”

我走开了。他已经无可救药了，就跟被鬼附身一样。不过他的反对意见本质上还挺有道理的。实际上，往西去碰运气，看看能否遇上一艘无法确知的轮船的想法经不起冷静审视。在我们目前所处的位置，至少时不时还有足够的风，能让我们挣扎着往南行进。至少足以让希望存活下去。如果我利用这些捉摸不定的阵风转而向西驶去，开进一片接连很多天都没有一点风的海域，那该怎么办？也许我那些可怕幻觉就会变成现实，载着死亡船员的漂浮船，几周后一些惊恐万分的水手会发现我们的。

那天下午兰塞姆给我端了杯茶过来，在他还手拿托盘等在一边时，他用一种非常准确的慰问语气说道：

“长官，你状态还不错。”

“是的，”我说道，“你我好像被遗漏了。”

“被遗漏，长官？”

“是的，被跑上船的发热病魔遗漏了。”我说道。

兰塞姆用充满吸引力的智慧眼神给了我匆匆一瞥，就拿着托盘离开了。我意识到自己说话有了点伯恩斯先生的意思了。这让我很恼火。但在愈发黑暗的时刻，面对麻烦，我常忘我地进入这种状态，其实这更适合用来对付活生生的敌人。

是的，热病之魔没有染指我和兰塞姆，但他随时都可能动手。这是必须要克服的想法之一，无论如何都要和这种想法保持距离。一想到船上的大管家兰塞姆也有可能被打倒，就让人觉得无法忍受。如果我病倒了，这艘船会怎么样？伯恩斯先生还太虚弱，不扶着床都站不稳；二副已经病成彻底的低能儿了。简直无法想象，或者说，简直太容易想象了。

我一个人站在船尾。船连舵效航速都没有达到。我叫掌舵船员找个阴影去坐一下或躺一下。船员们的力气非常弱，应该避免一切没必要的指令。掌舵船员是胡须斑驳、长相朴实的甘布瑞尔，他很乐意地离开了。但他一阵阵地发着烧，变得非常虚弱。这可怜的家伙走下艉舷梯的时候得侧着身，双手紧抓着铜栏杆。看到这场景真让人心痛。不过与半打我还能召集到甲板上的可怜的病号中的大部分人相比，他们的状况半斤八两。

那是个死气沉沉得可怕的下午。连续几天，远处的云都低垂着，白色物质夹杂着深色的卷积物，犹如休憩在水上一般，一动不动，近乎固体，然而又无时无刻不在精妙地变换样貌。按照惯例，临近傍晚时，这些云就消失了。但这一天太阳要下山了，云还没散去。西沉的太阳在云朵中发出红光；

完全落下前，它在云朵里闷闷不乐地阴燃着。桅杆顶上，疲惫的星星又准时地出现了，空气依旧凝滞而压抑。

可靠的兰塞姆点亮了罗经[1]灯箱，转动了一下，把不透光的一面对着我。

“长官，你会下来试着吃点东西吗？”他提议道。

他低沉的嗓音给了我一惊。我刚才一直站在那儿，望着围栏外面，没有说话，没有感觉，连四肢的疲惫都不自知，我被邪恶的诅咒镇住了。

“兰塞姆，”我唐突地问道，“我在甲板上有多久了？我失去时间概念了。”

“报告长官，十二天了，”他说道，“我们离开锚地只有十四天而已。”

不知为何，他那平静的嗓音听上去有点悲伤。他等了片刻，补充道：“看这天空，我们可能会有第一场雨了。”

此时我才注意到海平面上那片宽广的阴影，它完全遮住了低空中的星星；我抬头一看，头顶上的

1 罗经是提供方向基准的仪器。

那些星星看着像是透过一层烟幕照射下来的。

我不知道这片云怎么就飘到那边去了，也不知道它怎么就爬得那么高了。看那样子有点不祥。空气依旧凝滞着。兰塞姆又邀请了我一次，于是我去下层舱——用他的话说——“试着吃点东西”，没想到我这番尝试还挺成功的。我猜那段时间自己还是和往常一样靠食物为生的，但在我记忆里，生命在那些日子是靠一种无法战胜的痛苦维持着的，这种痛苦犹如一种既激励着我又损耗着我的可怕兴奋剂。

这是我生命中唯一一段尝试写日记的日子。不对，不是唯一一次。多年后，在被道德孤立的情况下，我确实也记录过那二十天里发生的事和自己的想法。但这一次是第一次。我已不记得这是怎么开始的，也不记得记事本和铅笔是怎么跑到我手里来的。难以想象我会有意识地去找这两样东西。我想是它们把我从疯疯癫癫的自言自语中给救出来的。

奇怪的是，我两次开始做这件事时，都处在自己都不奢望——用通俗的说法就是——“能熬过来”的境况里。我也没有期盼这份记录可以在我死后还能流传下去。这证明我是纯粹为了自我宽慰才这么做的，而不是受自负所驱使。

我在这里得再给出一段样本来，是几行从那天傍晚的潦草记录里摘出来的支离破碎的语句，现在读来，自觉非常可怕：

※ ※ ※

天空里有些动静，如腐烂过程一般；空气似乎正在腐败，但依旧凝滞不动。终究只有云而已，说不准它有没有带着风或者雨。奇怪的是，它竟然让我心神不宁。我感觉好像我的罪要追上我了[1]。不过我觉得麻烦在于，这艘船依旧一动不动地杵着，不受控制；而且我没法让自己不去胡思乱想我们可能遇到的最糟糕的灾难场面。会发生什么呢？很大可能什么都不发生，也可能发生任何事情。也许有一场暴虐

---

1 见《圣经·旧约·民数记》32:23："倘若你们不这样行，就得罪耶和华，要知道你们的罪必追上你们。"

的飑[1]要来，船尾首当其冲。甲板上的五个人，论活力和体力最多只能算两个人。我们所有船帆都可能被吹跑。自我们十五天前……也可能是十五个世纪前，从湄南河[2]河口出发以来，船帆上每一个针脚都还完好无缺。在我看来，我在那个重要日子之前的生活显得无比遥远，是一段逐渐消退的无忧无虑的青春回忆，属于阴影的另一边了。是的，船帆很可能被吹走，这等于是给船员们判了死刑。船上的人没有足够的力气去换一整套帆，不可思议却又千真万确。也许桅杆都有可能被折断。船在飑中反应不够快就会出现断桅杆的情况，而我们没有能力及时调整帆桁。这就跟被人缚手缚脚地割喉无异。最让我害怕的是，我竟然害怕去甲板上面对这一切。这是因为这艘船，因为这些在甲板上的船员，他们中的一部分人，只要我一声

1　飑是一种突然发生的持续时间短促的强风，飑过境时会出现风向突变、风力突增，往往伴有雷雨、冰雹、龙卷风等异常天气现象，气温、湿度、气压等也会随之突变。

2　原文如此，即昭披耶河的误称。

令下，就会做好使出最后残余力气的准备。我害怕这件事，单单这个场景就让我害怕。这是我第一次做一船之长。我现在理解自己以前那种奇怪的安全感缺失了。我一直都怀疑自己可能不行。这就是证据所在，我在逃避它。我确实不行。

※ ※ ※

在那一刻，也可能是那一刻之后，我意识到兰塞姆站在我的舱房里。他的表情有点让我吃惊，透露出一种我看不明白的意味。我惊呼道："有人死了！"

这下轮到他吃惊了。

"死了？据我所知没有，长官。我十分钟前还去了艏楼[1]，当时那里没有死人。"

"你确实吓了我一跳。"我说道。

他的嗓音听着十分令人愉悦。他解释说自己是

1　艏楼（forecastle），船首部的上层建筑。

下来关伯恩斯先生的舱门的，以防开始下雨。他不知道我在舱房里，他补充道。

“外面看着怎么样?”我问他。

“非常黑，真的，长官。里头肯定有东西。”

“在什么方位?”

“全方位的，长官。”

我无目的地重复道：“全方位。当然是这样。”把手肘放在桌子上。

兰塞姆在舱房里磨蹭了一会儿，似乎他有事要做却有所犹豫。我突然开腔：

“你觉得我应该去甲板上吗?”

他立马回答了，但没有特别的语气或强调：“是的，长官。”

我迅速起身，他侧身让我出去。当我穿过休息室的时候，听到伯恩斯先生的声音在说：

“把我房门关上，可以吗，乘务主管?”兰塞姆非常惊讶地回道：“没问题，长官。”

我以为自己的情感已经钝化成彻底的冷漠了。但我发现站在甲板上让人异常难熬。密不可破的黑暗笼罩在船边，距离如此之近，似乎把手伸出船去就能触碰到一些非尘世的物质。这黑暗有一种不可思议的恐怖效果，蕴藏着不可言说的奥秘。头上只有为数不多的星星朝船只投下昏暗的光芒，水面上一点光亮都没有，星星的零散光柱刺穿了已成为煤烟的空气。我从没见过这样的景象，没有线索透露出变化会从什么方向开始。威胁正全方位地向我们迫近。

依然没有人在掌舵。一切都还是完全静止的。如果空气变成了黑色，那大海可能变成了固体也未可知。四处观望是没有意义的，也不必探寻那一刻的征兆，更不用推算距离那一刻还要多久。等那一刻降临，黑暗会静静遮住照在船上的那一丁点星光，一切都会终结[1]，无声无息，没有搅动，也不会有任何低语声，而我们的心脏会像渐渐停下的钟表一般停止跳动。

这种末日感根本挥之不去。笼罩着我的平静感犹如湮灭前的预兆，它给了我一丝安慰，我的灵魂似乎突然间和永恒的黑暗寂静握手言和了。

---

1 即世界的末日，与前文造物主 7 天的功绩相对。

在我道德崩解的过程中，只有海员的本能留存了下来。我走下楼梯来到艉主甲板，星光似乎在那一刻到来前就要消逝了，不过当我静静地问“你们都在吗，伙计们？”时，还是可以看到身边有人形站立起来，不过很少也很模糊；一个声音说道：“都在这儿呢，长官。”另一个人着急修正说：

“所有能干点活的人都在，长官。”

两个嗓音都很平静无力；既无特别的意愿也没有什么不乐意的情绪，是非常公事公办的嗓音。

“我们必须试着把主帆闭合上。”我说道。

那几个人影一言不发地从我身边走开了。这些船员形如鬼魂，他们加在缆绳上的重量也不比一群鬼来得沉。确实，如果史上有哪片船帆是完全靠精神力量拉起来的，那肯定就是这一片了，因为严格来讲，整艘船上的肌肉合起来都不够完成这个任务的，遑论在甲板上的惨兮兮的这几位了。我自然要带头干起来，他们虚弱地在缆绳之间晃荡着，蹒跚着，喘着粗气。他们如提坦[1]般辛勤劳动着。我

1 据古希腊神话，提坦是在原始神之后出现的古老神族。第一代提坦由天神乌拉诺斯和地神盖亚所生，共有六男六女。

们忙活了至少得有半小时，黑暗的宇宙全程都渺无声息。当最后一条起帆索被固定好后，我的双眼已习惯了黑暗，能够看清疲惫海员的身影了，他们或倚靠在围栏上，或瘫倒在舱口，还有一位荡在艉绞盘上，大口喘着气。我在他们中间犹如一座力量之塔，不受疾病影响，唯受灵魂的病症影响。我花了点时间与压在心头的罪恶感做斗争，与一种我不配的感觉做斗争，接着我说道：

“好了，伙计们，我们要去船尾把主桅下帆横桁调成垂直于龙骨。我们能为这艘船做的就这么多了；剩下的得靠她的运气了。”

六

我们都上到船尾后，我想起需要有人掌舵。我抬高了音量——没比低语强到哪儿去——下令，静悄悄地，在船尾的灯光里，有一个毫无怨言的灵魂站了出来，他装在一副受发烧折磨的身体里，他头上那对凹陷的眼睛在黑暗中发着光；这黑暗吞噬了世界以及宇宙。他露出的小臂，沿着舵轮的上半部分伸展开来，看上去似乎自带着光芒。

我冲着他那光亮的面容低语道：

“保持完全正舵[1]。”

那个声音用一种虽在受难却依旧耐心的语气回答：

“完全正舵，长官。”

之后我就下到艉主甲板去了。无法判断什么时候强风会袭来。我看着船的四周，犹如望向一个无底的黑坑。目光会迷失在难以置信的深度之中。

1　使舵机处于龙骨线的中心位置。

我想确定绳索是否都从甲板上收走了，要做到这点只能用脚去感知。正当我小心进行这项工作时，撞到了一个人，可以认出是兰塞姆。我一触碰到他就意识到他的身体未受影响，还很结实。他靠在艉主甲板的绞盘上，沉默不语。这下我知道实情了，他就是那个瘫在绞盘上大口喘气的人，我们在去船尾之前我就注意到那个人了。

“你刚才在帮忙弄主帆！”我低声惊呼道。

“是的，长官。”他用平静的嗓音说道。

“兄弟！你想什么呢？我不允许你再做这种事情了。”

他停顿了一下，同意道：“我也觉得不能再这样了。”接着，在短暂的沉默后，他快速地在喘息之间补充道，“我现在没事了。”不过他的喘息让他露了馅。

除他之外，我看不见任何人，也听不到任何声音。但我一说话，满艉主甲板都是回应我的悲伤低语声，那些人影在飘来飘去。我下令把所有升降索放到甲板上归置好，以方便跑动。

“我会负责这事，长官。”兰塞姆用他那自然、令人愉快的语气自告奋勇道。不知为何，他的语气很安慰人，还能激发人的同情心。

这家伙应该在船上休息，我显然负有把他送回去的职责。但也许他不会听从我的指令，我的心力不足以做这个尝试。因此我只是说：

“静静处理，兰塞姆。”

回到船尾，我遇到了甘布瑞尔。他的脸在灯光下显出空洞的阴影来，看上去很可怕，他终于不说话了。我问他感觉如何，没期望他能回答。因此，我被他震惊了：他居然显得有点聒噪。

“我抖得跟小猫一样虚弱了，长官。”他说道。作为舵手的本职工作，他牢记在心，但对于其他事情，他都处于意识不清的状态中。“每次我还没恢复力气呢，又突然发起烧来，又把我给干翻了。”

他叹了口气。他语气里没有什么责怪的意思，但仅仅这些话就足以给我带来自责引起的可怕苦痛了。我有一小会儿哑口无言，在折磨人的痛苦过去之后，我问道：

“如果船后退的话，你感觉自己够力气控制住舵吗？操舵装置被撞坏了可不行啊。我们现在要对付的困难够多了。”

他略带疲惫地回答说，自己够力气握住舵不放手。他可以向我保证，不会让船把舵轮从他手里抢走的。其他的就不好说了。

此时，我发现兰塞姆离我非常近，他突然从黑暗中显现，似乎是用他沉着的面庞和令人愉快的嗓音新鲜创造出来的。

甲板上的每条缆绳，他说，都已经放下来归置好，方便船员跑动了；至少他已经凭触觉做到最细致的程度了，因为什么都看不见。法兰奇站了出来，说自己还能蹦跶一两下。

此时，兰塞姆双唇清晰坚定的线条短暂地变成了一丝淡淡的微笑。他的灰色双眼严肃又清澈，他的性情平和——所有加起来看，他就是一个无价之才。他的灵魂如他身上的肌肉一般坚实。

他是船上唯一一个（除我之外，我得保留自己行动的自由度）靠得住的、拥有足够肌肉力量的人。我一度想过，还不如让他掌舵。但我知道他身上有个敌人，这可怕的真相让我犹豫了。从我浅薄的生理学知识看来，他可能会在紧要关头，因为太过兴奋而猝死。

这可怕的恐惧感让我话到嘴边又吞了回去，这时兰塞姆往后退回了两步，从我视线里消失了。

瞬间一种不安感抓住了我，仿佛一些支撑力被撤走了。我也往前走了，走出了光亮范围，进入了如墙般竖立在我面前的黑暗之中。我一大步就刺穿了黑暗，这一定是造物之前的那种黑暗[1]，它把我包围了。我知道掌舵的船员是看不到我的，我也看不到任何东西。他孤身一人，我也孤身一人，每个人在自己站立的地方都是孤独的。一切形体都不见了，圆材、船帆、装具和围栏；在那个至暗之夜的令人畏惧的波澜不惊中，一切都被彻底抹去了。

从生理角度而言，一道闪电或许会是个慰藉。若不是对雷鸣的恐惧令我畏首畏尾，我定会祈祷闪电赶快到来。在这寂静造成的不安中，似乎第一阵雷就能把我击成尘埃。

---

1 《圣经·旧约·创世记》1:2：“地是空虚混沌，渊面黑暗；神的灵运行在水面上。”

下一步最有可能发生的是雷鸣。我全身僵硬，屏息等待着，心里怀着一种恐怖的紧张期待。什么都没有发生。真让人疯狂。我下半张脸传来了一阵越来越强烈的钝痛，我才意识到自己在疯狂地磨着牙齿，天知道我磨了多久。

真奇怪，我竟然没有听到自己在磨牙齿，我是真的没有听到。我努力着，将所有官能合为一用，才勉强让我的下巴安静下来。这需要注意力非常集中，可是正当我集中注意力时，却又遭到甲板上传来的一阵轻微的、奇特又不规律的拍打声的干扰。有时候是一声，有时候是几下，有时候又是一组声响。正当我在想这神秘的恶作剧究竟是什么的时候，我左眼下方被轻轻拍打了一下，一颗巨大的"泪珠"从我脸颊上流了下来。是雨点，巨大的雨点。是什么东西的先兆。啪嗒，啪嗒，啪嗒……

我转过身，认真地恳请甘布瑞尔"抓牢舵轮"。我情绪激动，几乎说不出话来了。致命的时刻降临了。我屏住了呼吸。啪嗒声突如其来，又突然停止了。之后是难以忍受的悬而未决的一刻，就好像把折磨人的螺丝[1]又多拧了一圈似的。我从来不觉得自己会尖叫，但我确信，当时我除了尖叫之外，没有什么可做的了。

突然之间——我该如何描述呢？哦，突然间，黑暗变成了水，这是唯一合适的修辞。一场瓢泼大雨倾泻而下，发出巨大的声响。我确信你可以听到它从海上来，也从天空中袭来。但这场雨不寻常，没有最初的窸窸窣窣声，没有落水声，连冲打下来的影儿都看不到，我即刻就浑身湿透。这可不是件难事，因为我只穿了睡衣。一瞬间我的头发湿透了，水流顺着我的皮肤淌了下来，水灌进了我的鼻子、耳朵和眼睛里。一秒不到，我已经喝了很多水了。

至于甘布瑞尔，他快被呛死了。他可怜地咳嗽着，是病人那种咳不成声的状态；我看着他，仿佛透过水族箱的电灯亮光看到了一条鱼，是那种难以捉摸又发着磷光的鱼。只不过他没有游走。但发生了其他事情，两盏罗经灯都灭了。我猜应该是

1　根据康拉德学者的相关考证，作者指的可能是中世纪的拇指夹（thumbscrew）或拷问台（rack）。

进水了，虽然我觉得这不可能，因为灯罩卡得严丝合缝。

宇宙间最后一丝光亮就这么消失了，甘布瑞尔沮丧地低声惊呼了一下。我摸索着找到他，抓住了他的手臂。这手臂竟然如此虚弱！

“没关系，”我说道，“你不需要灯光。风来的时候，你只需要把它挡在你脑袋后面就好了。明白吗？”

“是，是，遵命……但我还是想有盏灯。”他紧张地补充道。

整个过程中，船舶稳如泰山。水顺着船帆和圆材流下的声响和流过船尾甲板末端的声响，突然停止了。船尾的排水口又咯吱呜咽了一会儿，之后便完全沉寂了，连同完全的静止状态，宣告我们无助的诅咒还没有被打破。这诅咒在暴虐天象的边缘准备着，在黑暗中潜伏着。

我慌张地往前走去。在这条令我厄运连连、作为船长首航的船舶上，不需要视觉也可以十分稳健地在船尾走动。她的每一寸甲板都在我脑海里留下了不可磨灭的印象，就连木板的纹理和节疤我都记得清清楚楚。然而，突然之间，我被一个东西绊倒了，完全手脸贴地。

那是个挺大的活物。不是狗，更像是一头羊。但这艘船上没有动物，怎么会有动物……我无法抵抗这种额外的不可思议的恐惧感。我站起来时头发还竖着，我被吓坏了。这并不是那种理智与判断还能挣扎反抗的受惊，而是彻底的、失控的受惊，像个无知孩子被吓坏了一样。

我能看到那个东西！很大一部分黑暗已经转化成水了，因此现在稀薄了些。它在那里！但我没有想过伯恩斯先生会四肢着地地从升降口里爬出来，直到他试图站起来的时候，我脑海里首先出现的想法还是：这是一头熊。

我抱住他身子的时候，他咆哮得也像一头熊。他给自己穿了一件宽大的羊毛材质的冬装大衣，他瘦削的身体承受不了这衣服的重量。他那极其纤瘦的身子已然消失在那件厚衣服里了，我几乎感受不到它；不过他的咆哮的内容倒有些深度和力度：载着一群蹑手蹑脚怯懦鬼的倒霉垃圾船。他们为什么不能踏着步子去找转帆条？这群人里面他妈的连一个可以抓着缆绳唱个号子的小子都没有吗？

“逃避责任是没用的，长官，”他直接攻击我说，“你不可能从这个凶残的老恶棍手里溜走的。这个方法不对。你必须勇敢地面对他，就像我一样。你需要的是勇敢。让他瞧瞧，他那些该死的诡计，你完全不在意。好好地闹上一场。”

“上帝啊，伯恩斯先生，”我生气地说道，“你到底想干吗？你这种状态到甲板上来干吗？”

“就是这个——勇敢！这欺负人的老流氓就怕这个。”

我把他推开了，他还靠着围栏咆哮着。“抓住围栏。”我粗暴地说道。我不知道该拿他怎么办。我急匆匆地走开了，朝甘布瑞尔走去，他隐约喊道，天空里有些风。确实，我亲耳听到湿帆布发出了一阵微弱的颤动声——在高高的头顶上方，还有松垮的链片发出的叮当声。

在我周围死寂的空气中，这些声响显得很怪异，令人不安又惊恐。我曾听说过，有时候甲板上的风还不足以吹灭蜡烛，中桅杆却被猛地吹折了，这类事突然从我记忆中翻腾了上来。

“长官，我看不到上横帆。”甘布瑞尔虚弱地说道。

“不要动舵轮，你会没事的。”我自信地说道。

这可怜人已经吓破胆了。我的情况也好不到哪里去。此刻我的压力已经大到了崩溃的边缘。突然，我感觉脚下的船好像在自己往前移动，这让我宽慰了些。在我感到吹在脸上的微小气流转向船尾之前很久，我已明确无误地听到空中有飒飒的风声，上帆圆材因为承压发出了沉闷的爆裂声。我的脸上带着渴望却什么都看不见，犹如一张盲人的脸。

突然之间，一种更响亮的声音冲入了我们的耳朵；黑暗开始流向我们的身体，急剧降低了体温。湿透的薄棉布衣服贴着我俩的身体，我和甘布瑞尔都猛烈地打起冷战来。我向他说道：

“你现在没事了，伙计。你要做的就是把风挡在你脑袋后面。你肯定可以做到的。在平稳的水面上，小孩都能给这艘船掌舵。”

他咕哝道：“是！如果是个健康的小孩。”发烧夺走了每个人的力量，除了我；被病魔饶过，让我觉得很丢人。它是为了让我的悔恨之情更苦涩，让我更酸楚地感到自己不配这个职位，也让我的责任感更重了。

船在平静的水面上几乎瞬间加快了速度。我感觉她滑过时只有一阵神秘的沙沙声相伴，别无其他噪声。其他时候，她一点动静都没有，既不上下颠簸也不前后挪移。这种令人沮丧的稳定状态至今已经持续十八天了，因为在那段时间里我们从来没有遇到过可以让船稍微在海上跑起来的风。突然又来了一阵微风。我觉得是时候把伯恩斯先生从甲板上弄走了，他让我担忧。我视他为一个疯子，他很有可能会在船上漫步，进而弄断自己的手脚或者跌入海里。

看到他还待在刚才的位置上，我感到非常高兴，他够明智的。不过，他正在自言自语一些不吉利的话。

这让人感到丧气。我用一种公事公办的口吻说道：

"我们出发以来还没遇到过这么多风呢。"

"这可不错啊。"他明智地吼道。这是心智完全健全的海员应该说的话。不过他又立刻补充道：

“是我回到甲板上来的时候了。我一直在为此养精蓄锐，就为了这个。你明白吗，长官？”

我说，我明白，接着我暗示说明智的做法应该是回到下层舱，好好休息。

他愤愤不平地回道：“去下层！我可不这么认为，长官。”

真够开心的！他这个烦人的讨厌鬼，突然开始和我争论起来。我在黑暗中都能感觉到他癫狂的兴奋感。

“长官，你不知道怎么处理这件事。你怎么能知道呢？说悄悄话、蹑手蹑脚都是不行的。别盼着自己能从这个狡猾、机警又邪恶的暴君手上溜走。你没听过他说话，足以让你毛骨悚然。不！不！他没有发疯，没比我疯到哪儿去。他就是邪恶得彻头彻尾，邪恶到大部分人都害怕的程度。我来告诉你他是什么样的，他本质上完全就是个贼，一个杀人犯。你觉得他死了，事情就会不同吗？不会的！虽然他的尸体躺在一百英寻[1]以下，但他还是和原来

1　1 英寻约等于 1.8288 米。

一样……他在北纬 8 度 20 分。”

他挑战似的愤怒哼哼着。在疲惫无奈的顺从中，我注意到在他咆哮的时候，风变小了。他又开始起劲儿了。

“我应该把那家伙像条狗一样扔出围栏。只是考虑到其他船员……想象一下，我不得不为这么个暴君读葬词！……‘我们离去的兄弟’……我差点笑出来。他就不能忍受这个。我猜，我是唯一一个敢嘲笑他的人。他生病的时候，这吓得他……兄弟……兄弟……离去的……还不如管鲨鱼叫兄弟呢。”

风消失得如此突然，湿漉漉的船帆一下子重重地趴在了桅杆上。要命的静止诅咒又一次抓住了我们，似乎逃都逃不出去。

“喂，”伯恩斯先生惊诧地喊道，“又静下来了！”

我当他心智健全地跟他说道：

“伯恩斯先生，过去十七天都是如此，”我流露出一种强烈的怨恨情绪，“一阵风，然后又静下来，过一会儿你就会看到，船身晃荡着，船头偏离航线，不知朝向什么鬼地方去了。”

他抓住了这个“鬼”字。“这躲躲闪闪的老鬼。”他突然刺耳地尖声喊道，接着大声笑了出来。我从没听过这种笑声，它惹人憎恶，是一种响亮的嘲讽，是带着一丝反抗意味又令人毛骨悚然的尖笑。我退后了几步，完全不知所措。

那一刻艉主甲板上有些骚动，传来一阵惊慌的低语声。我们下方的黑暗中传来一个紧张的声音：“是谁发疯了？”

也许他们觉得船长发疯了？即便这帮可怜家伙是用最大可能速度走上来的，也没法说他们是“冲上来”的；不过在惊人短暂的时间里，船上所有还能站起来走路的人，都聚集到了船尾。

我冲他们喊道：“是大副。你们来几个人把他控制住……”

我以为这行动会演变成一场可怕的打斗。不过伯恩斯先生即刻停下了自己嘲弄式的尖笑，冲着船员们激烈地吼道：

“啊哈！你们去死吧！找回自己的舌头了吗？我以为你们都是哑巴呢。好了，那么——笑吧！我让你们——笑。好了——一起来。一，二，三——笑！”

随之而来的是一阵沉默，安静得连别针掉到甲板上都能听见。接着兰塞姆用镇定的嗓音，令人舒服地说道：

“我想他是晕过去了，长官……”那一小撮一动不动的海员微微动了下，传来一阵令人欣慰的低语声：“从他手臂下面夹住他。来个人，抓住他的腿。”

是的，这让人松了一口气。他暂时安静了——暂时。我非常肯定自己再也无法忍受他那疯癫的尖叫声了。接着甘布瑞尔，朴实的甘布瑞尔又给我们带来了另一场人声表演。他开始呼号求救，他的嗓音在黑暗中可怜地哀号着：“谁能来后面吗？我受不了了。她要直接偏离航线了，我没法……”

我自己冲了过去，路上遇到一阵强风。这阵风还很远的时候，甘布瑞尔的耳朵就察觉到了；风把主桅杆上的帆都给撑了起来，传来一串沉闷的拍打声，间或混杂着圆材的低沉哀鸣。我及时抓住了舵轮，跟在我身后的法兰奇则抓住了瘫倒的甘布瑞尔。他用力把他拉到了一边，劝他静静躺在那里。接着法兰奇走上前来顶替我，他平静地问道：

“我该怎么掌舵，长官？”

“先保持不变。我马上给你搞盏灯来。”

我往前走的时候，碰到了兰塞姆，他已经拿了一盏备用的罗经灯。这个人能注意到所有事情，也能处理好每件事情，走到哪里都给人带来宽慰。他把灯递给我的时候，用一种安慰的语气说，星星已经出来了。确实。风把乌黑的天空吹干净了，也吹破了大海慵懒的寂静。

我们仿佛冲破了那道可怕的静止的屏障——如同遭到了诅咒一般，我们被它包围了许多天。我感觉到了。我躺倒在了天窗上。一片薄薄的——非常薄——微微隆起的白色泡沫此时也破开了，很久以来第一次，真的很久。如果不是因为罪恶感隐秘依附在我的思想里，我本可以欢呼的。兰塞姆出现在了我面前。

“大副怎么样了，”我着急地问道，“还不清醒吗？”

“嗯，长官，这有点好笑，”兰塞姆显然困惑不解，“他一个字都没说，眼睛也都闭着。但在我看来他只是睡得很沉而已。”

这是最省事，或者说是最不让人烦心的消息，我接受了。昏死过去也好，睡得很沉也罢，此刻伯恩斯先生必须独处。兰塞姆突然说道：

“我觉得你需要件外套，长官。”

“我也觉得。”我叹息道。

不过我没有动，觉得自己需要一副新的四肢。我的手脚似乎完全没用了，疲惫不堪，甚至都不觉得酸痛。但兰塞姆帮我拿外套上来的时候，我还是站起来把它穿上了。他提议，最好还是把甘布瑞尔带去船头，我说道：

“好的。我来帮你一起把他带上主甲板去。”

我发现自己还能帮上不少忙。我们一人一边扶着甘布瑞尔，他自己也想努力一把，不过他全程都在可怜地问我们：

“走到舷梯边的时候你们不会松手吧？走到舷梯边的时候你们不会松手吧？”

风一阵阵吹来，风向笔直，千真万确。白天的时候，通过仔细操舵，我们让前桅下帆横桁都自行与龙骨垂直了（水面还是很平滑），接着我们把缆绳都拉紧了。晚上和我一起在甲板上的四个海员中，此刻我只看到两人。我没有问其他两人去哪里了，他们投降了，我希望这只是暂时的。

我们花了数个小时在船头进行各项工作，那两个和我一起干活的海员行动迟缓，还经常需要休息。其中一个说道："感觉这船上他妈的每样东西都比正常重量沉一百倍。"这是他们唯一的一句抱怨。如果没有兰塞姆，我不知道我们该如何是好。他也静静地和我们一起干活，唇上一直带着一点微笑。我时不时地低声关照道"不着急……""慢慢来，兰塞姆"，他会快速地看我一眼作为回应。

当我们把一切处理妥当、保证安全后，他就走进了厨房。过了会儿，我去前面视察的时候，透过开着的门看到了他。他笔挺地坐在炉子前的储物柜上，头往后靠在隔舱壁上。他双眼紧闭，能干而有力的双手扯着薄薄的棉布衬衫，悲剧般地露出了他充满力量的胸部，胸口随着痛苦且吃力的喘息上下起伏着。他没有听到我。

我悄悄地走了，直接去船尾替了法兰奇的班，那时他看着已经非常病恹恹了。他很有仪式感地与我交接了航向信息，还尝试用轻松的步伐离去，结果还没走出我的视线就已经打了两次大趔趄。

这之后，船尾就只有我一个人了，我为自己的船掌着舵，她乘风破浪，时不时轻快地颠簸下，甚至还会稍稍往前冲。这时兰塞姆拿着个托盘出现在了我眼前。一看到食物，我就感到饥饿异常了。我坐在船尾格子板上吃早餐的时候，兰塞姆就替我掌舵。

“这阵微风好像把我们的人都害惨了，”他低声说道，“把他们都打倒了——所有人员。”

“是的，”我说道，“我想，你跟我是船上唯一两个健康的人了。”

“法兰奇说他还能蹦跶一下，我不确定。他好不到哪儿去的。”兰塞姆带着他若有所思的微笑继续说道。“这个好小伙。但是长官，如果我们接近陆地的时候，这风还吹来吹去，我们拿船怎么办？”

“如果我们靠近陆地了，这风还吹很大的话，船会冲上陆地，或者桅杆会被折断，也可能两者都发生。我们没法控制她。她现在带着我们一起走呢，我们能做的就是为她掌舵。这是一艘没有船员的船。”

“是的，船员都倒下了，”兰塞姆静静地复述道，“我时不时地会去船头看他们，但我没什么能为他们做的。”

“我，这艘船，以及船上的每一个人，都多亏有你，兰塞姆。”我热情地说道。

他装作没有听到，静静地操着舵，直到我可以替他下来为止。他把舵轮交回给我，收走了托盘，临走前通知我说，伯恩斯先生醒了，似乎有点想回到甲板上来。

“我不知道怎么阻止他，长官。我没法一直都待在下层。”

显然他没法做到。果然，伯恩斯先生穿着巨大的外套，痛苦地拽着自己来到了船后部。我看到他的时候，不由自主地感到害怕。有他站在我身边，胡言乱语说着什么死人的阴谋诡计，而我还要给这艘疯狂往前冲的船舶掌舵，船上还都是濒死之人，这场面实在太可怕了。

不过他说的头几句话，从含义和语调上来分析还挺合乎情理的。显然他完全不记得前一天晚上的事情了。如果他记得的话，那他隐藏得还挺好。而且他没怎么说话。他坐在天窗上，一开始看上去病得非常严重；不过，这将我最后一批船员都吹倒了的风，似乎一阵阵地为他的身体注入了活力。我几乎可以观察到这个过程。

我拐弯抹角故意提到了前船长，想测试下他心智是否已恢复健全。令我高兴的是，伯恩斯先生对这个话题没有展现出过分的兴趣。他怀着一种报复心理，又老生常谈了那个野蛮无赖的邪恶事迹，不过他的结语出乎我的意料：

“长官，我相信，他死前一年，甚至更久之前，就已经得了失心疯了。”

他恢复得很不错。不过我要全神贯注地掌舵，对此没法好好赞赏一番。

相较前几天无望的呆滞状态，这速度简直令人头晕目眩。船头冲出两条隆起的泡沫带；风儿奋力地唱着，如果是在其他时候，我会觉得这代表了所有的生命乐趣。每当迎风的主帆开始在齿轮装置里猛烈摇晃、几乎要撕裂时，伯恩斯先生都会提心吊胆地望着我。

“你想我怎么做，伯恩斯先生？我们把帆卷起来也不是，打开也不是。我倒希望这老掉牙的东西把自己晃成碎片算了，一了百了。这可恶的吵闹声反倒让我不知所措。”

伯恩斯先生紧握着双手，突然喊了出来：

“长官，你打算怎么把船开进港口？都没有船员可用。”

我没办法回答他。

好吧——大概四十个小时之后，这事确实成功了。靠着伯恩斯先生可怕笑声的驱魔功效，我们打败了恶毒的鬼怪，破除了邪恶的咒语，诅咒被移除了。现在我们受到仁慈又充满力量的上天眷顾。它在催促着我们前进……

我永远都不会忘记最后一个夜晚的，夜色很深，有风，满天都是星星。我掌着舵。我庄重地向伯恩斯先生承诺，如果有事发生，一定会提醒他的，于是他直接去罗经座附近的甲板上睡觉了。恢复中的病人是需要睡眠的。兰塞姆背靠在第三桅上，腿上盖着一块毯子。他一动不动，但我猜他一刻都没闭过眼。活力的化身法兰奇还沉浸在自己尚能“蹦跶”一下的幻觉中，他坚持要和我们待在一起。但注意到纪律要求，他尽可能远地躺在了船尾最前端，就在水桶架旁边。

我掌着舵，累得无暇焦虑，都无力进行连贯的思考了。我有时候感到极度狂喜，但一想到黑漆漆的甲板那头的艏楼里，全是发烧病倒的船员——有些人已濒临死亡——我的心情就会变得十分低落。都是因为我的错。但不要紧，还不是懊悔的时候，我得先掌舵。

风在后半夜转弱了，接着慢慢消退了。五点左右风又回来了，不过足够轻柔，使我们可以朝锚泊处开去。天亮之后，伯恩斯先生坐在船尾格子板上，用楔子把一捆捆绳索固定住了；接着他从大衣深处伸出瘦骨嶙峋的白手开始掌舵；而我和兰塞姆则在甲板上匆忙收拾所有松脱下来的帆脚索和升降索[1]，然后又跑到艏楼前方，努力把锚吊到了水面上。劳动以及纯粹的紧张让我俩汗流如

---

1 皆为控制船帆的绳索。

注。我们肩并肩工作着的时候，我都不敢看兰塞姆。我们有简短的交谈，我能听到他在我身边喘着粗气，但我避免看向他那边，害怕看见他因为太过卖力而倒地死去。他为何如此呢？是因为某些清晰的理想吧。

他身体里那个完全的海员被唤醒了。不需要别人引导，就知道自己该做什么。每一个努力，每一个时刻，都是一以贯之的英雄主义之举。我没有资格去盯着如此优秀的人物看。

终于一切都妥当了，我听到他说："我不如先下去把制链器[1]打开吧，长官？"

"好的，去吧。"我说道。

即便那时，我都没有朝他那边看。过了一会儿，他的声音从主甲板传了上来。

"长官，请随时检查。锚机清理妥当了。"

我示意伯恩斯先生向下风转舵，把两个锚都依次抛下，看船需要多长的锚链。两边的锚链大部分都入水了，她才停下来。船帆恢复了松垮的原状，

1　安装在锚机与锚链筒之间的设备，用于固定锚链，防止锚链滑出。

我头顶上那令人疯狂的喧闹声终于停止了。船上洋溢着一种完美的静谧感。正当我站在船头，由于这突如其来的平静而有点头晕的时候，依稀听到艄楼里的病患们呻吟了一两声，还断断续续地咕哝着。

由于我们的第三桅上飘扬着医疗求助旗[1]，因此实际情况是，船还没停稳，就有三艘来自不同军舰的蒸汽快艇靠近我们了；至少有五个海军军医登上了船。他们站成一簇，上下打量着空荡荡的主甲板，接着又往上看了看，也是空无一人。

我朝他们走去，孤身一人，穿着黑灰条纹的睡衣，戴着一顶烟管土木髓帽[2]。他们显得非常不满，他们预想的是有人需要外科手术，人人都带了手术刀具。不过他们很快就让自己的失望翻了篇。过了不到五分钟时间，其中一艘蒸汽快艇就快速开向岸边，去召唤大点儿的船以及医护人员了，他们得把船员们运到岸上。那艘大型蒸汽舰载艇则朝自己的船开去，运了些海军士兵过来帮我卷船帆。

1　蓝色边框，白底，中心是一个红色的实心矩形。

2　一种用木髓布料制成的帽子，外面以烟管土增白。

其中一个医生[1]留在了船上。他从艏楼出来，看着一副油盐不进的样子。他注意到了我探询的目光。

“里头没有人死，如果你想知道的是这个的话，”他谨慎地说道，接着又用一种惊讶的语气补充说，“所有船员都病了！”

“情况很糟糕？”

“情况很糟糕，”他复述道，他的眼睛往船上四处看着，“天哪！那是什么？”

“那个，”我朝船尾看去，“是伯恩斯先生，我的大副。”

伯恩斯先生那半死不活的脑袋在瘦削的脖颈上摆动着，任何人看到这场景都会惊叹的。医生说道：

“他也要去医院吗？”

“哦，不用的，”我开玩笑地说道，“除非主桅杆都上岸了，伯恩斯先生才会上岸的。他让我感到

---

1 1888 年 3 月 1 日，奥塔哥号抵达新加坡，负责照顾生病船员的是托马斯·克莱顿·穆格利斯顿医生（Thomas Crighton Mugliston，1854—1931），有 3 位船员需要住院治疗。

骄傲，他是唯一一个康复中的船员。”

“你看上去……”医生盯着我说道。不过我生气地打断了他：

“我没生病。”

“不是……你看上去有点奇怪。”

“哦，您瞧，我在甲板上待了十七天。”

“十七天！……但你肯定睡过觉吧？”

“我猜是睡过的，不过我不知道。可以肯定的是，过去四十小时里我没有睡过。”

“哦！……我猜你立马就上岸吧？”

“我准备好了就上岸。那儿也没有什么事等着我。”

医生松开了我的手，我们交谈的时候他一直握着。他拿出了记事本，快速写了点东西，将那一页撕下来交给了我。

“我强烈建议你上岸后按这个方子去配药。除非我判断失误，不然你今晚就会用得上的。”

“这是什么？”我怀疑地问道。

“安眠药。”医生简略地答道；他带着点兴趣朝伯恩斯先生走去，接着和他交谈了起来。

我下去换衣服准备上岸时，兰塞姆跟在我身后。他祈求我的原谅，因为他也想上岸，并要求结清工资。

我惊讶地望着他。他有点焦虑地等待着我的回答。

“你不是要离开这艘船吧！”我喊了出来。

“我确实要走了，长官。我想离开，找个地方静一下。任何地方，可能医院就可以。”

“但是，兰塞姆，”我说道，“我不想和你分道扬镳。”

“我必须走，”他打断了我，“我有权利走！……”他喘着气，一种近乎野蛮的决绝表情掠过了他的脸庞。有那么一瞬间，他变成了另一个人。在他的能力和俊美仪表下，我看到了差强人意的现实。对他而言，生命——危险而艰难的生命——是一个恩惠，他对自己十分警醒。

“如果你希望的话，我当然会结清你的工资，”我赶紧说道，“只不过下午前，我得请你继续留在船上，我不能让伯恩斯先生完全独自一人在船上待几个小时。”

他立马柔和了下来，微笑着用他那天然的令人愉悦的嗓音说，他完全明白。

我回到甲板上的时候，搬运船员的准备工作都完成了，这是整段经历中的最后一场考验。这段经历锻炼了我的性格，让它变得成熟，而我那时候并不知情。

整个过程令人难受。他们一个个地从我眼前经过，每一个人都象征着对我最为严厉的责备，直唤起我内心的厌恶感来。可怜的法兰奇突然昏倒了，他从我眼前被人抬走时毫无知觉，可笑的脸庞红得可怕，好似肿了一样；呼吸声如打鼾一般。他更加像潘趣先生了，一个喝得烂醉的潘趣先生。

朴实的甘布瑞尔则相反，他暂时有所好转。他坚持要自己走去围栏边——当然是在两侧都有人协助的情况下。但他被人抛过围栏时，突然焦虑了起来，开始可怜地哀号：

“长官，让他们别放弃我。让他们别放弃我，长官！”我用非常安慰人的语气冲他喊道：“好的，甘布瑞尔。他们不会的！他们不会的！”

显然这可笑得很。我们甲板上的海军士兵们静静地咧嘴笑着，连兰塞姆（在靠船头很近的地方帮忙）脸上那若有所思的微笑都放大了些，不过就一瞬间而已。

我坐着蒸汽舰载艇上岸去了，回头看时，发现伯恩斯先生竟靠着船尾栏杆站立起来了，他还穿着那件宽大的羊毛大衣。明媚的阳光令人惊讶地凸显了他的怪异。他看着像一个可怕的精致稻草人，放置在一艘死人船的船尾，以阻止海鸟啃食尸体。

我们的故事已经在城里流传开来了，岸上的每个人都非常友善。海事局减免了我们的港口税[1]。恰好有一艘失事船只的船员住在海员之家里，因此很容易就招聘到了我需要的船员。但当我询问是否可以见一下艾利斯船长时，他们以一种对我的不知情感到遗憾的口吻告诉我，尼普顿的副手在我离港三周后已经拿着退休金告老还乡了[2]。因此我推断，除了日常工作外，对我的任命应该是他官僚生涯的最后一个动作了。

上岸后我遇到的每个人都步履轻松、眼神灵动

1　现实中，奥塔哥号也获得了税务的减免。

2　现实中，艾利斯于1888年2月23日退休。

又充满活力，奇怪的是我竟然对此感到吃惊。这让我印象极其深刻。在我遇见的人当中，自然有贾尔斯船长。我如果不遇见他才奇怪呢。在岸上的时候，他每天早晨都照例要去城里的商业区散步很长时间。

我在很远的地方就瞥见了他胸前那条金表链的光芒了。他散发着仁慈的气息。

“我听说是什么情况来着?”握完手后，他带着一种“亲切叔叔”的微笑问道，“从曼谷过来花了二十一天?”

“你听到的就这么些?”我说道，“你得和我一起午饭。我想让你知道，你让我经历了什么。”

他犹豫了大概有一分钟。

“行吧，好的。”他终于屈尊回道。

我们走进了宾馆。令我惊讶的是，自己的食量竟然那么大。接着在收拾干净的桌布前，我向贾尔斯船长讲述了过去二十天的历史，既从专业角度，也从情感角度展开。而他则耐心地抽着我递给他的雪茄。

然后，他洞悉一切地评论道：

“现在你肯定累得够呛了。”

“不，”我说，“不累，不过贾尔斯船长，我会告诉你我的感受的。我感觉老了。而且我肯定也变老了。你们在岸上的人，在我看来都是躁动不安的少年，对这世界一无所知。”

他没有微笑，看上去简直就是人间典范。他宣称道：

“那会过去的。不过你确实看上去老了，这是个事实。”

“啊哈！”我说道。

“不！不！真理在于，生命里的任何事情都不能看得太重，无论是好事还是坏事。”

“以一半的航速活着，”我倔强地咕哝道，“不是每个人都做得到的。”

“如果你能一直前进，就算是半速，也会感到很高兴的，”他反驳道，流露出神志清醒的美德，“还有另外一条：人要勇敢地与厄运做斗争，勇于面对错误和良心之类的事物。为什么？除此之外还有什么值得你直面的？”

我沉默不语。我不知道他在我脸上看出了什

么，不过他唐突地问道：

“怎么了——你不是怯懦了吧？”

“天晓得，贾尔斯船长。”我真诚地回答说。

“没关系，”他平静地说道，“你很快就会学会如何不怯懦了。每一样东西都需要学习——这是许多少年所不理解的。”

“好吧，我已经不是少年了。”

“你不是了，”他承认道，“你快要走了吗？”

“我直接回船上去，”我说道，“新船员上船后，我就直接拉起其中一个锚，另一个则绞进一半锚链。明天白天[1]我就出发了！”

“你可以的，”贾尔斯船长嘟囔着表示赞同，“这想法可以。你可以的。”

“你之前怎么想的？以为我会在岸上待一个礼拜休息一下吗？”我说道，被他的语气激恼了，“在船开到印度洋之前，我都不能休息。那之后也没法休息太久。”

他情绪激动地抽着雪茄，变了个人似的。

1　抵达新加坡2天后，奥塔哥号于1888年3月3日前往悉尼。

“是的，实际上确实如此。”他沉思地说道。似乎一块笨重的幕布卷了起来，显露出一个出人意料的贾尔斯船长。不过这只是一瞬间的事，只够他补上那么一句：“对任何人而言，生命中的休息时间都是很宝贵的。最好别奢望了。”

我们起身离开了宾馆，在街头热情地握了握手就分开了。在我们的交往中，他第一次激起了我的兴趣。

回到船上，我首先看到的就是艉主甲板上的兰塞姆，他静静地坐在自己打包妥当的水手储物箱上。

我让他跟我进会客室，坐下来给岸上一个熟人写了封对他的推荐信。

写完后，我把信推过桌子给他。“你离开医院后，这封信也许能派上点用场。”

他拿了信，放进了自己的口袋里。他的眼睛没有看着我——哪儿都没看。他的脸色焦急而不自然。

“你现在感觉怎么样了？”我问道。

“我没有感觉很糟，长官，”他生硬地答道，

“但我害怕它会发作……”那若有所思的微笑短暂地回到了他的嘴唇上。“我——我为自己的心脏感到极度紧张，长官。”

我伸出手向他走去。他没有看着我，双眼里有种紧张的神情。就像一个聆听着警报信号的人。

“不握一下手吗，兰塞姆？”我温和地说道。

他惊呼了一声，脸一下子涨得通红，用力地握了一下我的手。这之后，就只有我一人在舱房里了。我听着他一步一步小心翼翼地走上升降梯。他内心害怕得要命，生怕自己忠诚的胸膛里那个敌人突然暴怒。这是我们共同的敌人：他自知胸膛里承载着这样一个敌人，这是他的艰辛命运。

航行中的奥塔哥号

作者自述

我承认，这篇小说虽然短小，却是一部相当复杂的作品；但它并不涉及超自然主题。然而，不止一位评论家倾向于从这个角度讨论它，认为这是我摆脱活人世界和苦难人间的束缚、尽全力拓展自己想象力的一次尝试。但实际上，我的想象力不是由此类天马行空的素材构成的。我相信，如果我尝试把超自然元素放进去，会惨败并暴露出讨人嫌的漏洞来。不过我永远都不会做这样的尝试，因为一种不可征服的确定信念渗透于我的道德和智力体系中，那就是任何落入我们感官领域内的东西都一定是属于自然界的，无论它多么奇特，其本质都不可能偏离可见、可感触的世界的一切其他现象；我们自知是这样一个世界的一部分。活人的世界包含着足够的奇迹和奥秘；奇迹和奥秘以如此令人费解的方式影响着我们情感与智力，以至于说生活是一片有魔法的国度也不算过分。不，我对那些不可思议的事件有十分确切的认知，因此纯粹的超自然故事对我没有吸引力；它们（你要如何理解都可以）只不过是些炮制出来的篇章，编造这些文字的人，完全不了解我们和无数的死者以及生者的关系在本质上有什么微妙之处；这是对最温柔的记忆的亵渎，是对我们尊严的侮辱。

无论我天生资质多么愚钝，都不会屈尊到这种地步，为自己的想象力去这种世代都有的无用幻想中寻求帮助；这些幻想本身就足以让所有热爱人类的人满怀无法言说的悲伤。研究和描述精神或道德上的打击对普通人心智产生的影响却是非常正当的。伯恩斯先生的道德感在他与前船长的关系中遭受了严重的打击，这在他生病的状态下，转变成了一种纯粹的迷信狂想，还混杂有恐惧和憎恶。这个事实是小说的元素之一，但里面没有超自然因素，可以说没有什么是超脱于这个世界的；公平地说，这世界本身就蕴藏着足够的奥秘和恐惧。

也许如果我以《船长首航》[1]的标题出版这个在我脑海中酝酿已久的故事，就不会有公允的读

1 1899年2月14日，作者写给威廉·布莱克伍德（William Blackwood）的信中首次提到了这个标题。

者、评论家或任何人说，在里面发现了超自然因素。我不会在这里讨论，本书的实际标题《阴影线》在我脑海里出现时，我思路本源何在。这篇作品的首要目的，是呈现某些事实，这些事实显然和人生的一种转变有关，即从无忧无虑和情感热烈的青春状态转变为更有自我意识、更为艰辛的成年状态。在整整一代人的最高审判[1]面前，没有人可以怀疑这一点。我对自己这段鲜为人知的经历中的微小且不重要的细节都有敏锐的认知。本书和这一事件不可能有任何对应关系，这个想法从未进入过我的脑海。但某种认同感是存在的，只不过在数量级上差异巨大——犹如单独一滴水相对于波涛汹涌、巨浪滔天的无边大海。这也是非常自然的。当我们开始沉思往事的意义时，似乎可以在深度和广度上把整个世界都填满。这本书是一九一六年的最后三个月时间里[2]写就的。一个会讲故事的作家多多少少都清楚自己脑子里有哪些主题可写，我当时觉得，这是唯一可以尝试

1　指 1914 年—1918 年的第一次世界大战。

2　实际上是 1915 年，而且前后写了 7 个月左右。

的主题。开始着手处理这个主题时，我情绪的深度和性质也许在献词里表达得最清楚。现在我却为献词的极度不成比例感到吃惊——这再次证明，我们受制于自己情绪的伟大特性。

说了那么多，接下去我可以稍微讨论下这个故事的素材了。故事的发生地是在那片东方海域，我的写作生涯从那儿获得了不少灵感。上文提到，这个故事我以《船长首航》的标题构思了很久，读者从而可以猜到它和我的个人经历有关。实际上，这正是以心灵之眼的角度看到的个人经历，而人对于生命中的这类经历会情不自禁地产生感情，进而粉饰这些经历，对此无须感到羞愧。这种感情与羞耻感一样强烈（我这里说的是普遍的经验），也接近于我们过去遇到的不幸事件——小到说话时犯的小错——造成的痛苦感。用回忆视角的效果是可以让事情突显出来，因为随着无关紧要的日常事实自然而然地从脑海中淡化，本质因素会从周围环境凸显出来。我回想起自己的航海生涯时会心情愉悦，因为虽然开头很不吉利，但以我个人观点来看，后来是成功的；我还有个真凭实据：为了回家，我辞去了船长一职，两年后船东们还给我写过一封信[1]。这次辞职标志着我海员生活的另一个阶段开始了，如果可以这样说的话，即终点阶段，它用独特的方式影响了我作品的另一部分。我当时不知道自己离航海生涯的终点有多近，因此没有感到悲伤——除了和我的船舶离别时。与拥有这艘船的公司断了联系亦让我感到遗憾，他们以友好的善意，高兴地接纳了我，还给予这个在不利条件下意外进入他们队伍的人以信心。在不贬低我意图的真诚性的前提下，我现在怀疑在不辜负给予我的信任这件事上，运气帮了我不小的忙。回想起当时自己的努力有运气的协助，谁都会觉得高兴的。

“值得我永恒的敬意”这句话是我选出来作为题词放在扉页的，它们来自本书正文；虽然其中一

1　在一封日期为1889年4月2日的信上，奥塔哥的船东亨利·辛普森父子公司写道：“我们对您现在担任的职位体现出的能力和您总体的成就给予了很高的评价，并愿祝您未来一帆风顺。”

个评论家[1]认为这句话是献给船的，但显然从这句话所在的段落可以看出，它指的是船上的船员们：他们完全不认识新船长，但在那二十天里——如同在缓慢而痛苦的毁灭边缘度过的二十天——却如此支持他。那才是最伟大的回忆！因为可以指挥几个值得我永恒敬意的人绝对是一件伟大的事。

约瑟夫·康拉德

一九二〇年

1 基本可以肯定作者指的是1917年3月24日《周六评论》上的一篇未署名评论，其中写道："在这本书的标题页有一句话，'值得我永恒的敬意'，下方没有人名，只有一艘设好风帆的船。康拉德先生再一次表明，他对船的热爱，如同情郎对情妇的爱，可见他的新书是一部重要作品，是对早期胜利作品的回归。"